완전변태

이외수 소설

# 완전변태

해냄

9년 만에 독자들께 드리는 소설집입니다. 독자들을 사랑하는 작가, 독자들께 사랑 받는 작가로 기억되기를 빕니다. 죽어가는 그날까지 '쓰는 이의 고통이 읽는 이의 행복이 될 때까지'라는 좌우명을 지키며 살겠습니다.

2014년 봄
감성마을에서

| 차례 |

소나무에는 왜 소가 열리지 않을까

나는 문을 박차고 나와 무작정 달리기 시작했다.

누구보다 먼저 부모님께 알려야 한다는 일념뿐이었다. 나는 한참을 달리다, 비로소 내가 러닝셔츠 차림에 팬티바람으로 방을 뛰쳐나왔다는 사실을 자각했다. 그러나 다시 되돌아갈 생각은 없었다. 나는 계속 내달리고 있었다. 아버지, 아버지, 아버지. 어머니, 어머니, 어머니. 오직 그 말만 되풀이하면서 내달리고 있었다.

이상했다. 전혀 숨이 차지 않았다. 비좁은 골목길을 내달려 마을을 벗어나고 울창한 잡목숲을 지나 개울을 몇 개나 건너뛰고 가파른 언덕길을 올라 국도가 보이는 지점에 당도할 때까지 나는 있는 힘을 다해 내달렸다. 그런데도 거짓말처럼 숨이 차지 않았다.

왜 축구 선수들이 골을 터뜨리면 환호하면서 자기에게로 달려오는 동료들을 뿌리치고 있는 힘을 다해 다른 방향으로 내달리는지 나는 비로소 이해할 수 있었다. 누구에게도 방해 받고 싶지 않았다. 뼛속도 혈관도 환희로 가득 차 있었다. 이대로 죽어버려도 여한이 없을 것 같았다.


여보게 젊은이.

국도가 보이는 언덕에 도달했을 때였다.

불쑥, 사람의 말소리가 내 덜미를 잡았다. 주위를 살피니 얼마 떨어져 있지 않은 장소에 무덤 하나가 웅크리고 있었고 그 곁에 노인이 우두커니 앉아 있었다. 노인은 내게 이리 오라는 손짓을 해 보였다. 행색이 남루해 보였다. 그러나 나는 어쩐지 노인의 손짓을 거역할 수 없는 분위기에 사로잡혀 있었다. 나는 가쁜 숨을 몰아쉬며 천천히 노인에게로 다가갔다.

무슨 급한 일이라도 생겼소.

노인이 물었다.

하지만 급한 일은 아니었다. 단지 벅찬 기쁨을 주체하지 못해서 러닝셔츠 차림에 팬티바람으로 여기까지 달려왔을 뿐이었다. 가을이 문을 닫고 있었다. 그러나 전혀 추위를 느낄 수 없었다.

아무리 급해도 버스가 오려면 아직 한 시간 반은 족히 기다려야 하는데.

언덕을 내려가면 시외버스 정류장이 있었다. 잘 포장된 도로가 늦가을 식은 햇빛 속에 거대한 구렁이처럼 드러누워 있었다. 4년 전까지만 해도 비포장도로였다. 그동안 몇 번이나 여기까지 와서 부모님께 달려가고 싶은 충동을 참아내곤 했었다. 그러나 오늘은 버스를 탈 수 있었다.

보아하니 남의 물건 훔쳐서 줄행랑을 칠 만한 위인은 못 되는 것 같고, 얼굴에 화색이 넘치는 걸 보니 무슨 좋은 일이 있는 것이 분명한데, 어디 보자아.

노인은 무안할 정도로 내 얼굴을 빤히 들여다보고 있었다.

나는 노인을 상대로 잡담을 주고받을 만큼 마음이 한가롭지 않은 입장이었다. 아무 대꾸도 하지 않고 일어서서 언덕을 내려가고 싶었다. 노인의 말대로 한 시간 반을 기다려야 버스가 온다고 하더라도 정류장까지 가서 기다려야 마음이 편할 것 같았다.

그러나 노인의 다음 말이 그만 내 발목을 묶어놓고 말았다.

오라, 큰 벼슬을 하셨구만.

나는 노인이 넘겨짚고 있다는 생각을 하고 있었다.

그런데 아니었다.

법복이 눈에 보이네.

나를 소스라치게 만드는 말이었다.

점쟁이일까. 넘겨짚었는데 우연히 맞아떨어진 걸까. 나는 조금씩 불안해지기 시작했다. 어쩌면 이것이 현실이 아니라 꿈일지도 모른다는 생각이 들었다. 돌연한 노인의 출현, 벼슬을 했다는 말과 법복이 보인다는 말이 모두 맞아떨어져서 오히려 현실감을 못 느끼게 만들어주고 있었다. 하지만 나는 제발 꿈이 아니기를 빌었다. 우습지만 허벅지를 세게 꼬집어보았다. 아팠다.


사내자식을 낳으면 반드시 판검사를 만들고야 말 테니 두고 보시오.

나는 태어나기 전부터 부모님에 의해 이미 진로가 확고하게 결정된 인물이었다.

이번에도 딸이면 어쩌시겠소.

행여 남들이 묻기라도 하면,

이불 뒤집어씌우고 콱 엎어버려야지요.

어머니는 단호하게 대답했다고 한다.

대한민국은 돈을 종교처럼 숭배하면서 살아가는 사람들이 유난히 많은 나라였다. 젊은이들마저도 돈이 없으면 공부할 자격도 없고 돈이 없으면 사랑할 자격도 없다는 말을 서슴지 않을 정도였다.

어떤 목사님들은 주일마다 십일조를 강조하는 설교를 빠뜨리지 않았다. 심지어는 신축교회를 지어 고의로 지붕을 씌우지 않은 채 방치해 두었다. 부흥회 전문 목사를 초빙해서 지붕 올리기 심령대부흥회 따위를 벌이기 위해서였다. 어떤 스님들은 툭하면 신도들에게 불사를 빙자해서 기왓장을 팔아먹었다. 절에 가면 신도들의 이름과 염원이 적힌 기왓장들이 즐비하게 진열되어 있었다. 뿐만 아니라 행사가 있을 때마다 신도들의 이름이 적힌 꼬리표를 달고 연등들이 하늘을 가득 메우곤 했다.

돈이 없으면 교회에도 절에도 다니기가 미안할 정도였다. 예수님의 자리에도 돈이 양반다리를 틀고 앉아 있었고 부처님의 자리에도 돈이 가부좌를 틀고 앉아 있었다.

경찰이 불법업소들로부터 뇌물을 받고 단속시간을 미리 알려주기도 하고 검찰이 권력의 눈치를 보며 범죄를 은폐하거나 축소해 주기도 했다.

한마디로 세상이 썩고 있었다.

나의 부모님은 한평생 노점상을 천직으로 알고 살아오신 분들이었다.

노점상은 예나 지금이나 누구에게 뇌물을 줄 만한 경제적 여유도 없었고 억울한 일을 당해도 하소연할 만한 연줄도 없었다. 한마디로 밑바닥을 기어야 하는 처지들이었다. 그래서 부모님은 누가 들어주건 말건 하루에도 몇 번씩, 사내자식을 낳으면 반드시 판검사를 만들 테니 두고 보라는 말을 구호처럼 부르짖게 되었다. 부모님께는 오직 판검사가 길이요 진리요 생명이었다.

물론 나는 부모님의 입장을 이해한다. 왜 나를 반드시 판검사로 만들어야 한다고 생각하는지도 이해한다. 하지만 사법고시를 패스하기가 고속도로 하이패스 통과하기처럼 수월한 일이 아니라는 사실쯤은 나도 잘 알고 있었다.

내 위로는 두 명의 누나가 있었다. 그러나 부모님은 애초부터 누나들에게 당신들의 한을 풀어주리라는 기대를 걸지 않았다. 여자는 남자에 비해 의지가 박약하고 변덕이 심한 편이기 때문에 저 막강한 권력과 맞설 만한 힘을 기르기에는 적합하지 않다는 판단에서였다.

아니나 다를까, 첫째 누나는 스물네 살 때 우리가 살고 있는 도시에서 작은 인쇄소를 운영하는 남자와 눈이 맞아(단지 잘생겼다는 이유 하나로) 일찌감치 시집을 가버렸고 둘째 누나는 가수가 되겠다는 자신의 꿈(전국노래자랑에서도 입상하지 못한 실력인데도)을 부모님이 강력하게 반대한다는 이유로 가출을 해서 지금까지 종무소식이다.

가뜩이나 부모님은 남아선호사상이 뼛속까지 박여 있는 분들이셨다. 그리고 누나들은 부모님의 판단이 틀리지 않았다는 사실을 행동으로 여실히 증명해 주었다.

다행히 나는 아들이었으므로 '이불 뒤집어씌우고 콱 엎어버리는' 불행을 겪지는 않았다. 그 대신 귀가 채 뚫리기도 전에 반드시 판검사가 되어야 한다는 말을 하루에도 수십 번씩 들으면서 자랐다. 동네 어른들도 내가 젖꼭지를 빤 횟수보다는 그 말을 들은 횟수가 훨씬 많을 거라고 증언했다.


느이 아버지가 다리를 심하게 저는 이유는 절도죄로 누명을 쓰고 경찰서에 가서 심하게 고문을 당했기 때문이야. 얼마나 심하게 고문을 당했는지 지금도 날이 궂으면 제대로 굴신을 못하지 않니. 너는 반드시 판검사가 되어서 느이 아버지의 한을 풀어드려야 한다. 알겠니.

노점상은 내다 파는 품목이 일정치 않았다. 나물이나 채소가 나오는 철에는 나물이나 채소를 내다 팔았고 머루나 다래가 나오는 철에는 머루나 다래를 내다 팔았다. 어떤 때는 리어카로 과일을 싣고 다니면서 판 적도 있었고 어떤 때는 골목 어귀에 자리를 잡고 호떡장사를 한 적도 있었다. 그러나 번번이 시청 공무원이나 용역들이 나타나 장사를 방해하거나 물건들을 둘러엎었다. 저항하다 멱살을 잡히거나 주먹질을 당한 적도 한두 번이 아니었다.

어머니는 온갖 한스럽고 억울한 일들을 내게 누누이 들려주면서 오로지 판검사가 되기만을 간곡히 당부하고 또 당부했다. 귀를 후비면 판검사라는 낱말들이 부스러져서 ㅍ. ㅏ. ㄴ. ㄱ. ㅓ. ㅁ. ㅅ. ㅏ 따위의 음소가 귀이개에 묻어나올 것 같았다. 따라서 나는 아주 어려서부터 판검사보다 더 위대한 존재는 없는 줄 알고 살았다. 그래서 동네 어른들이 커서 무엇이 되겠느냐고 물으면 대통령이라고 서슴지 않고 대답해 버리는 애들을 도무지 이해할 수 없었다. 대통령이 잘못을 저지르면 어떤 일이 생기나. 검사가 잡아가고 판사가 판결을 내린다. 나는 판

18

검사가 대통령도 부하로 삼을 수가 있는 절대존재라고 확신하고 있었다.

　내가 고시촌을 결정한 이유는 그래도 같은 목적으로 공부하는 사람들이 모여 있으니 필요한 정보를 하나라도 더 얻을 수 있지 않을까 하는 생각 때문이었다. 나는 고시촌으로 떠나기 바로 전날까지 법전에 코를 박고 공부에 열중해 있었다.
　그런데 바깥에서 오래도록 이상한 소리가 들리고 있었다. 석석석 석석석. 숫돌에 연장을 가는 소리 같았다. 아버지는 가재를 만들어야 하거나 망가진 가구를 고쳐야 할 때는 당신이 직접 만들거나 고치는 습관을 가지고 있었다. 그때마다 숫돌에 먼저 연장을 갈곤 했었기 때문에 나는 석석석 하는 소리에 그다지 신경을 쓰지는 않았다.

　고시촌으로 떠나는 날.
　부모님이 시외버스 터미널까지 배웅을 나오셨다. 추운 날씨였다. 어머니는 옷가지와 반찬거리와 간식거리들을 바리바리 싸주시고도 모자라 추리닝을 챙기지 않았네, 무말랭이를 빠뜨렸네, 안절부절못하는 표정이셨다.
　판검사가 되기 전에는 아예 집에 발을 들여놓을 생각조차

하지 마라.

아버지가 단호한 어조로 내게 말씀하셨다.

아버지의 표정은 결연한 의지로 응고되어 있었다.

나는 적장의 목을 베러 떠나는 강감찬처럼 비장한 목소리로 대답해 드렸다.

걱정 마세요 아버지.


절대로 그래서는 안 되겠지만, 그래도 행여 마음이 약해지거든 이 상자를 열어 보아라.

아버지는 작은 상자 하나를 내게 내밀었다.

싸구려 반지 따위를 넣어두는 상자였다. 노점에서 흔히 볼 수 있는 상자였다. 나는 왜 아버지가 그 상자를 내게 주시는지 그리고 그 상자 안에 무엇이 들었는지 그때까지는 모르고 있었다.

내 새끼손가락이다. 판검사가 되기 전에는 상종을 안 할 결심으로 자른 거니까 너도 독하게 마음먹도록 해라. 만약 합격하지 못하면 부자지간의 연은 영원히 끊어지는 것이다. 무슨 수를 써서라도 하숙비는 제때에 보낼 것이니 너는 그저 공부만 열심히 해라. 편지도 쓰지 마라. 만약 무슨 일이 있으면 봉투에 주소만 적어 보내라. 그러면 내가 가서 해결하겠다. 편지 쓰는 시간에 육법전서 한 줄이라도 더 들여다보는 게 부모를 위하는 일이라고 생각해라.

나는 전날 숫돌에 연장을 갈던 소리를 떠올렸다. 아버지는 아마도 손가락을 자르기 위해 작두를 갈았을 것이다.

아버지의 왼손은 아까부터 바지주머니 속에서 나오지 않고 있었다. 나는 불에 달군 돌덩어리가 목구멍으로 치밀어 오르는 것을 느꼈다. 아버지는 나를 판검사로 만들 수 있는 일이라면 열 손가락을 모두 자를 수도 있는 사람이었다.

버스가 시내를 벗어나 얼마쯤 속력을 내기 시작했을 때 나는 아버지가 주신 상자의 뚜껑을 열어 보고 싶은 충동에 사로잡혔다. 정말로 새끼손가락을 자르시지는 않았겠지. 나는 믿고 싶지 않았다. 차라리 거짓말이었기를 간절히 빌었다. 다행히 옆자리가 비어 있었다. 나는 아무 거리낌 없이 상자의 뚜껑을 열었다.

헉, 아버지!

나는 나지막이 비명을 질렀다. 숨이 막혔다. 상자 속에는 정말로 잘려진 손가락 한 마디가 피범벅이 된 채 들어 있었다. 전신의 세포들이 흥분과 결의로 술렁거리고 있었다.

고시촌 사람들은 애건 어른이건 절대로 언성을 높여서 이야기하는 법이 없다. 언제나 나지막이 속삭이듯 이야기한다. 심지어는 큰 소리를 내지 않기 위해 손가락을 입에 물고 이야기하는 사람까지 있다. 즉 공부에 방해가 되는 일은 절대로 하지 않는다. 개조차도 기르는 법이 없다. 언제나 사방이 쥐 죽은 듯 조용하다.

나는 잠자는 시간이 아까워서 견딜 수가 없었다. 하루 세 시간 이상은 절대로 자본 적이 없었다. 세수도 하지 않았고 이도 닦지 않았다. 그 시간에 그야말로 육법전서 한 줄이라도 더 보기 위해서였다. 나는 채 일 년도 못 되어 미라 같은 몰골이 되고 말았다.

일 년이 지난 어느 날. 견딜 수 없이 집이 그리워 찾아갔을 때 아버지가 식칼을 꺼내들고 손가락 하나를 더 잘라버리겠노라고 난리법석을 피우시는 바람에 황망히 도망쳐 나온 뒤로는 편지조차 띄우지 못했다. 오직 공부에만 전념했다.

그러면서 3년이 지났다.

문득 청춘이 두엄더미처럼 썩고 있다는 생각이 들 때도 있었다. 문득 한밤중에 동네 처녀라도 하나 꾀어서 겁탈이라도 해버리고 싶은 충동에 사로잡힐 때도 있었다. 문득 박살난 햇빛 속에서 절망과 회의에 사로잡혀 차라리 거리의 부랑아가 되고 싶다는 생각을 할 때도 있었다. 나는 그럴 때마다 피에 절어 붙은 아버지의 새끼손가락을 꺼내 보았다.

전율.

전율과 함께 다시 각오가 새로워지곤 했다. 그런데 왜 아버지의 새끼손가락은 3년이 지났어도 썩지 않는 것일까. 아버지가 미리 썩지 않도록 무슨 처리를 해두었기 때문일까. 아니면 그만큼 한이 깊어서일까.

나는 그만큼 한이 깊어서일 거라고 생각했다. 내가 합격을 해서 아버지의 한을 풀어드리면 그때는 썩을지도 모른다는 생각을 했다.

그러나 나는 오래도록 불효자로 살아가는 수밖에 없었다. 연거푸 세 번씩이나 낙방의 고배를 마셔야만 했고 그동안 면목이 없어서 한 번도 부모님을 찾아뵐 수가 없었다. 솔직히 수시로 자살하고 싶은 충동에 사로잡히곤 했었다.


부친의 손가락이 큰 역할을 하셨소.

내 이야기를 다 듣고 난 노인이 말했다.

언덕 아래는 도로가 있었고 도로 건너편에는 벌판이 있었다. 그리고 벌판은 텅 비어 있었다. 하지만 내게는 조금도 쓸쓸해 보이지 않았다.

그런데 어르신은 무슨 일을 하는 분이신가요.

내가 노인에게 물었다.

나도 법을 공부하는 늙은이라네.

노인이 대답했다.

법관이신가요.

아닐세. 내가 공부하는 법은 젊은이가 공부한 법과는 좀 다른 법일세.

어떤 법인지 알고 싶은데요.

나중에 젊은이도 알게 될 날이 있기를 바라네.

노인이 공부했다는 법이 어떤 법인지 약간 궁금하기는 했지만 보채서 들어보고 싶을 정도는 아니었다.


나는 산 속에서 혼자 법 하나를 붙잡고 삼십 년 동안이나 골몰해 있었지.

삼십 년 동안이나요.

도대체 무슨 법이기에 삼십 년 동안이나 붙잡고 있었을까. 그리고 어떤 결과를 얻어내게 되었을까. 궁금증은 조금씩 증폭되고 있었다.

어떤 생각인데 삼십 년 동안이나 붙잡고 계셨는지 궁금합니다.

하지만 노인은 대답하지 않고 한참 동안 먼 하늘만 쳐다보았다.

날씨는 쾌청했고 하늘은 투명해 보였다.

젊은이도 한번 생각해 보시게.

무얼 말입니까.

밤나무에서는 밤이 열리고 배나무에서는 배가 열리고 감나무에서는 감이 열리는데 왜, 소나무에서는 소가 열리지 않을까.

나는 노인이 유치찬란한 난센스 퀴즈라도 낼 생각인 모양이라고 생각했다. 들어보나마나 썰렁할 것 같았다. 그러나 노인의 표정은 의외로 진지했다. 때마침 소슬한 바람 한 자락이 목덜미를 스치고 지나갔다. 언덕 주변에 도열해 있는 잡목들이, 썰렁한 이야기는 싫어요라고 속삭이면서 앙상한 가지들을 가만히 흔들어 보이고 있었다. 하지만 노인의 난센스 퀴즈가 썰렁하더라도 나는 웃어드릴 생각이었다. 오늘은 누구에게 어떤 말을 들어도 충만하게 웃어드릴 자신이 있었다.

글쎄, 왜 그럴까요.

나는 잠시 생각하는 듯한 표정을 짓다가 노인에게 되물었다.
물론 신통한 대답을 기대하지는 않았다.

노인이 대답하듯 입을 열었다.

소나무에는 소가 열리지 않는데 밤나무에는 왜 밤이 열리고 배나무에는 왜 배가 열리고 감나무에는 왜 감이 열릴까.

그러게 말입니다.

재미는 없었지만 나는 맞장구를 쳐드렸다.

밤나무이기 때문에 밤이 열리고 배나무이기 때문에 배가 열리고 감나무이기 때문에 감이 열리는 것은 당연한 법칙이라네. 밤나무에 감이 열리면 감나무라고 해야 옳은가 밤나무라고 해야 옳은가.

미친 나무라고 해야 옳겠지요.

그렇지, 법칙에서 어긋나면 분명히 비정상이지. 그런데 젊은이. 요새 법나무에는 법이라는 열매가 주렁주렁 열리던가.

노인의 느닷없는 질문을 받고 나는 갑자기 말문이 막혀버렸다. 분명히 노인의 질문 속에는 날카로운 가시가 감추어져 있었다.

노인은 더 이상 입을 열지 않았고 나는 결국 대답하지 못했다.

버스가 올 시간이네. 그만 내려갈까.

노인이 자리를 털고 일어섰다.

자네가 키우는 법나무 뿌리 밑에는 썩지 않는 아버님의 손가락 한 마디가 숨어 있다는 사실을 명심하게.

정류장까지 가는 동안 나는 한 마디도 할 수가 없었다. 어깨가 천 근 쇳덩어리를 짊어진 듯 무거워지고 있었다.


수년 뒤에야 나는 불교에서 도(道)를 법(法)으로 쓰기도 한다는 사실을 알게 되었다. 내 짐작이 맞다면 노인이 공부했다는 법은 바로 도였을 것이다. 운 좋게도 나는 사법고시에 합격하자마자 도인 하나를 만나 머리에 정통으로 돌직구를 맞는 영광을 얻게 되었던 것이다.

청맹과니의 섬

민희영 선생은 서울 태생이었다. 그녀는 아주 어릴 때부터
시골에 대해 별로 좋지 않은 선입견을 가지고 있었다. 그녀의
부모들에게서 물려받은 전리품 중의 하나였다. 그녀의 부모들
은 시골에 대해서라면 오직 단점밖에는 기억하지 못하는 사
람들이었다. 원래는 모두 시골 출신이었으나 찌든 가난을 견딜
수 없어 어린 나이에 무작정 상경해서 천신만고 끝에 자수성
가한 경력을 가진 사람들 중의 하나였다. 지금까지 겪어온 온
갖 고난들이 단지 자신들이 시골 출신이라는 이유 하나 때문
에 부여된 형벌이라고 그녀의 부모들은 굳게 믿고 있는 것 같
았다. 부동산 중개업을 하고 있었다. 제법 막대한 재산을 소유

하고 있었다. 그녀의 부모들은 가급적이면 시골에 대한 기억들을 깡그리 지워버리고 싶어 하는 것 같았다. 시골이라면 무조건 진저리를 치는 습관이 평상복처럼 몸에 걸쳐져 있는 사람들이었다. 시골 사람들에 대해서도 마찬가지였다. 경멸과 조소를 빼고 나면 혐오감밖에는 남는 게 없는 존재들이라고 생각하고 있었다. 그녀의 부모들은 그녀가 아주 어릴 때부터 시골에 대한 편견을 그릇되게 의념토록 만들어주고 있었다. 시골에는 텔레비전도 없으며 냉장고도 없으며 전축도 없으며 세탁기도 없으며 전화기도 없다고 말했다. 뿐만 아니라 지하철도 없으며 빌딩도 없으며 백화점도 없으며 어린이대공원도 없으며 레스토랑도 없다고 말했다. 시골에는 얼마나 많은 꽃들이 피어나고 얼마나 많은 나비들이 날아다니며 얼마나 무성한 숲들이 자라오르고 얼마나 많은 새들이 날아다니는지는 말해 주지 않았다. 얼마나 향기로운 과일들이 익어가고 얼마나 청량한 바람이 불어오는지도 말해 주지 않았다. 단지 그녀가 시골로 시집을 가게 되면 얼마나 많은 불편을 겪어야 하며 얼마나 많은 설움을 감수해야 하는가만 누누이 강조하기를 잊지 않았다.

그녀가 초등학교 삼 학년 때였다. 강원도 어느 소읍에서 전학을 왔다는 아이 하나가 있었다. 그 아이는 뻐드렁니에다 사

32

팔뜨기였다. 지지리도 공부를 못 해서 산수시간에도 체육시간에도 언제나 다른 아이들로부터 놀림감이 되었다. 그녀는 더욱 확신하게 되었다. 시골 사람이라는 말과 원시인이라는 말과 촌놈이라는 말과 지진아라는 말이 모두 이음동의어라는 사실을.

그녀의 시골 사람들에 대한 관념은 여고를 졸업할 때까지도 별로 수정되어진 부분이 없었다. 특히 고등학교 일 학년 여름방학 때 친구들과 여행을 떠났다가 피치 못할 사정으로 시골 어느 간이역 부근의 여인숙에서 하룻밤을 묵어가게 되었는데 거기서 옴이라는 게 언어걸려 진저리쳐지는 경험을 치른 뒤로는 더욱 시골 사람에 대한 혐오감만 짙어지게 되었다.

그러나 대학입시를 계기로 운명의 여신은 그녀에게서 등을 돌렸다. 그녀의 지능지수는 그녀의 부모들이 벌어들이는 돈과 결코 정비례 관계를 유지해 주지는 않았다. 그녀는 두 번이나 낙방의 쓰라림을 감내해야 했고 급기야는 정원 미달의 어느 지방 교육대학에 입학원서를 냄으로써 가까스로 자살만은 모면하는 굴욕감을 맛보지 않을 수가 없었다. 게다가 부동산 중개업까지 사양길에 접어들고 있었으므로 아버지는 건축업에 거액의 돈을 투자하게 되었고 마침내 사기까지 당해서 가세마저 휘청거리고 있는 형편이었다. 그야말로 설상가상의 지경 속에 밀어붙여진 듯한 느낌이었다. 그녀의 대학생활은 별로 추억될 만한 것이 없었다. 하루하루가 역겹게만 생각되어졌다. 그녀는 차츰 소외되어져 가고 있었다. 비참했다. 그녀는 모든 일에 의욕을 상실한 채로 졸업하게 되는 날만을 막연히 기다리면서 살아가는 도리밖에 없었다. 그녀의 성적은 언제나 하위권을 맴돌고 있었다. 그런 성적이라면 특별한 이변이 일어나지 않는 한 벽지 학교에서 귀양살이를 해야 한다는 사실을 그녀도 잘 알고는 있었다. 하지만 속수무책이었다. 졸업을 하자 그녀는 예상했던 대로 인공댐호를 끼고 있는 어느 작은 마을의 초등학교로 귀양살이를 가게 되었다. 그녀의 자존심은 이제 구겨질 대로 구겨져 있었다. 아무리 성능 좋은 다리미가 발명되어 진다고 하더라도 그녀의 자존심을 원형대로 복원해 낼 수는 없을 것 같았다.

"여기는 완전히 상고시대로군요."

그녀가 마을 사람들의 생활을 어느 정도 파악했을 무렵 동료교사들에게 탄식처럼 던진 말이었다. 선생님이라고는 교장까지 포함해서 도합 일곱 명이 고작이었다. 그녀는 거기서 홍일점이었다. 하지만 총각이라고는 박경찬 선생 한 명뿐이었으므로 나머지는 모두 그녀의 관심 밖으로 밀려나 있었다.

박경찬 선생은 그녀보다 두 살 위였다. 그리고 낙천적인 성격의 소유자였다. 마을 전체를 통틀어 그녀와 유일하게 대화가 통하는 존재였다. 하지만 그녀의 남편감으로는 실격이었다. 그녀는 보다 특출한 남자가 나타나주기를 기다리고 있었다.

손바닥만 한 마을이었다.

사람들은 한결같이 가난에 찌들어 있는 듯한 모습이었다. 얼마간의 전답들을 소유하고 있기는 했지만 자급자족을 하기에도 부족한 형편 같았다. 대부분이 다슬기를 잡거나 물고기를 잡아서 읍내에 내다 팖으로써 생활비를 충당하고 있었다. 아이들의 의복도 남루하기 짝이 없었다. 머리에는 기계충이 번져 있었고 볼에는 마른버짐이 피어 있었다. 사방을 둘러보아도 산과 물뿐이었다. 자동차라고는 한 대도 보이지 않았다. 하루에 한 번 다녀가는 발동선 한 척이 외부로 통하는 유일무이한 교통수단이었다. 그녀는 유배당해 있었다. 가슴이 답답해서 견딜 수가 없을 지경이었다. 아무런 변화가 일어나지 않았다. 아무런 사건도 일어나지 않았다. 날마다 똑같은 일상들만 반복되어졌다. 박경찬 선생은 그것이 곧 평화라고 말했지만 그녀는 그것이 평화가 아니라 곧 형벌이라고 반박하지 않을 수 없었다.

그런데 어느 날 갑자기 마을에 작은 변화가 찾아왔다. 그리고 그 변화는 그녀를 전혀 예기치 못했던 사건 속으로 몰아넣는 도화선이 되었다.

그 변화는 주인집 막내아들이 마을에 나타나면서부터 차츰 구체적인 형태를 드러내기 시작했다.

그녀는 교장의 주선으로 호수 가까이에 위치해 있는 어느 가정집 별채에서 자취생활을 하고 있었는데 주인 내외는 오십 대 중반의 나이로 과묵한 성격의 소유자들이었다. 잡고기를 읍내 매운탕집에다 조달하는 일을 업으로 삼고 있었으므로 집 안에는 항시 파리 떼와 비린내가 끊일 날이 없었다. 아들이 세 명이나 있지만 모두 자기 밥벌이를 하기에도 급급한 형편이라고 토로한 적이 있었다. 위로 두 명은 출가해서 읍내 어딘가에다 보금자리를 틀고 제 식구들 입에 풀칠만은 시켜주는 입장인데 막내만 아직 서울에서 이렇다 할 직업도 없이 철새처럼 떠돌아다닌다고 말해 준 적도 있었다. 하도 허풍이 심해서 마을 사람 전부가 그를 믿지 않는 모양이었다. 나이는 그녀와 동갑내기라고 했다. 하지만 그녀에게는 관심 밖의 이야기들이다. 그 정도로는 도저히 특출한 남자의 대열에 낄 수가 없었기 때문이다. 그즈음 그녀의 아버지는 대규모 토지매매 사기사건에 휘말려들어 수감 중에 있다는 소식이었다. 그녀는 더욱 의식이 오그라들어버리는 듯한 위축감에 사로잡히지 않을 수 없었다.

그런데 어느 봄날 서울에서 이렇다 할 직업도 없이 철새처럼 떠돌아다닌다던 주인집 막내가 어슬렁거리며 마을에 그 모습을 나타낸 뒤로 마을에는 차츰 보이지 않는 어떤 변화가 도래하기 시작했다. 우선 학생들의 결석이 현저하게 늘어나기 시작했다. 전교적인 추세였다. 원인을 조사해 보니 주인집 막내 때문이었다. 주인집 막내가 한 마리당 천 원씩을 주고 다람쥐를 사들이고 있다는 소문이었다. 애완용 동물로 다람쥐를 수출하는 회사에다 납품하기 위해서라는 거였다.

"김기홍."

"다람쥐 잡으러 갔어요."

"한일순."

"다람쥐 잡으러 갔어요."

아침에 출석을 부르면 학급마다 이런 현상이 연일 계속되어지기 시작했다. 학부형들까지도 공모자가 되어 있는 모양이었다. 처음에는 이번에도 허풍이겠거니 했는데 다람쥐만 잡아다 주면 어김없이 제값을 지불해 주는 것으로 보아 허풍만은 아닌 것 같다는 공론들이었다.

"오달수. 어제 왜 결석했는지 솔직하게 선생님께 말해 줄 수 있겠지."

"솔직하게 말씀드리면요 배탈이 났던 게 아니고요 아버지가 작은 삼촌하고 다람쥐를 잡아오라고 해서 산에 갔었어요."

이런 식이었다. 다람쥐 열 마리면 옷 한 벌은 사 입을 수가 있다는 것이었다. 아무리 말리고 꾸짖어도 소용이 없었다. 모두들 돈독이 올라 있는 듯한 눈빛이었다. 어른아이 가릴 것 없이 너도나도 기다란 장대 끝에다 올가미를 매달고 실성한 사람들처럼 산비탈을 누비고 다니는 모습들이 마을에서도 아주 잘 보였다. 새 옷이나 새 신발들을 착용한 아이들이 눈에 띄게 늘어가고 있었다.

다람쥐잡이는 여름이 다 끝날 무렵이 되어서야 시들해져 가기 시작했다. 마을 주변의 다람쥐들이 씨가 말라버렸다는 소문이었다. 그즈음 그녀를 바라보는 주인집 아들의 눈빛이 심상치가 않다는 사실도 그녀는 어느 정도 자각할 수가 있었다.

가을이 왔다. 그녀는 극심한 우울증에 빠져 있었다. 복합적인 원인들 때문이었다. 하지만 그날 박경찬 선생의 약혼녀라는 여자가 학교로 찾아오지만 않았어도 그 사건은 일어나지 않았을 것이다. 박경찬 선생이 그 여자를 태우고 호수 가운데로 보트를 저어 가는 광경만 목격하지 않았어도 그 사건은 일어나지 않았을 것이다.

세련된 미모를 갖추고 있는 여자였다. 박경찬 선생은 그 여자의 어깨에 다정스럽게 한쪽 팔을 얹으며 자신의 약혼녀라고 선생들에게 소개했다. 아무런 거리낌도 없는 얼굴이었다. 퇴근할 무렵 나란히 팔짱을 끼고 호숫가로 나가는가 싶었는데 잠시 한눈을 팔다가 눈여겨보니 어느새 호수 복판으로 한가로이 보트를 저어 가고 있었다. 무슨 재미나는 이야기라도 하고 있는 것일까. 여자는 이따금 한 손으로 입을 가린 채 고개를 젖히며 교태스럽게 웃는 시늉을 해보이고 있었다. 행복해 보였다. 갑자기 질투심이 불길처럼 마른 가슴에 번져드는 듯한 느낌이었다. 의외였다.

대수롭지 않게 생각해 왔던 남자였다. 따지고 보면 특별한 남자도 아니었다. 그저 직장에서만 남보다 좀 가까운 사이로 지내왔을 뿐이었다. 물론 바깥에서 몇 번 우연히 만난 적은 있지만 서로 깊이 있는 이야기들은 하지 않았다. 단지 농담 따위나 스스럼없이 주고받았을 뿐이다. 약혼녀가 나타났다고 해서 질투심을 느끼리라고는 한 번도 생각해 본 적이 없었다. 그런데도 극심한 배반감에 사로잡히는 것은 무슨 이유 때문일까. 그녀조차도 자신의 그러한 심리상태에 대해서는 이해를 할 수가 없는 입장이었다.

해가 지고 있었다. 산마다 단풍들이 상사병을 앓고 있었다.

호수 가득 해의 비늘들이 금빛 고기 떼처럼 번쩍거리고 있었다.

"오늘은 퇴근이 빠르시군요."

집 가까이에 이르러 주인집 막내아들을 만나지만 않았어도 사건은 일어나지 않았을 것이다.

하지만 그는 퇴근 무렵만 되면 그 자리에서 그녀를 기다리고 있었다. 무슨 일이든지 그녀가 부탁만 하면 마치 공주님을 위기에서 구출하려는 돈키호테처럼 사명감에 불타는 눈으로 성실하게 임무를 수행하는 충복 같은 존재가 되었다.

"저 보트 좀 태워줄 수 있으세요."

그녀가 전에 없이 상냥한 목소리로 그렇게 부탁하지만 않았어도 사건은 일어나지 않았을 것이다. 호수 쪽을 바라보니 어느 계곡의 산그늘 밑으로 숨어버렸는지 이제 두 사람의 그림자는 그 어디에서도 발견되어지지 않았다. 잠시 후 돈키호테가 재빠른 동작으로 보트를 준비하고 정중한 태도로 그녀를 기다리고 있었다. 그때까지도 그녀는 어떤 운명이 자신을 기다리고 있는지 짐작조차 하지 못하고 있었다.

해가 지자 이내 밤이 찾아왔다. 급속도로 기온이 떨어지면서 호수는 꾸역꾸역 안개를 뿜어올리기 시작했다. 보트를 타고 몇 시간을 찾아보았으나 박경찬 선생과 그의 약혼녀를 태운 보트는 발견되어지지 않았다. 이제 안개는 지척을 분별할 수 없을 정도로 짙게 깔려 있었다. 농무였다. 아무것도 보이지 않았다.

"그만 돌아가요."

그녀는 주인집 막내아들을 향해 벌써 몇 번째 명령조로 소리치고 있었지만 소용없었다. 그는 무엇인가를 단단히 결심하고 있는 듯한 태도였다. 주인집 막내아들은 그녀에게 꼭 보여줄 장소가 있다는 것이었다. 몇 달 동안을 별러왔다는 것이다. 완강해 보였다. 전혀 예기치 못했던 사태였다. 그녀는 비로소 자신의 경솔함을 자탄하지 않을 수 없었다.

"만약 조금이라도 허튼짓을 하려들면 즉시 물속으로 뛰어들어버리겠어요. 저는 수영을 조금도 할 줄 모른다는 사실을 명심하세요."

그녀는 앙칼진 목소리로 으름장을 놓아보았으나 역시 주인집 막내아들은 아무런 반응이 없었다. 하늘에는 보름달이라도 떠 있는 모양이었다. 밤이었고 안개마저 짙었으나 가까이로 다가가면 사물들이 어렴풋이는 그 형체를 드러내 보였다. 안개 속에서 갑자기 거대한 산들이 나타났다가는 사라져버리는 장면이 자주 연출되어지고 있었다. 노 젓는 소리만 끊임없이 이어지고 있었다. 혼미했다. 환각 속에 빠져 있는 것 같았다.

얼마나 오랜 시간이 지났을까. 이윽고 주인집 막내아들은 어느 섬 기슭에다 보트를 정박시켰다. 인적이라고는 전혀 느껴지지 않는 섬이었다.

원래는 산이었는데 댐을 막는 바람에 상체만 물 밖으로 드러나서 섬이 되어 있었다. 이 일대에는 그러한 섬들이 부지기수로 널려 있었다.

"아까도 말씀드렸지만 조금이라도 허튼짓을 하면 결과가 어떻게 되리라는 사실을 명심하셔야 해요."

그녀는 한 번 더 경고를 보낸 다음 주인집 막내아들과 함께 섬에다 발을 들여놓았다. 잡목 숲이 우거져 있었다. 그들이 발을 들여놓자 갑자기 사방에서 어떤 생물들이 놀라서 어수선하게 움직이고 있는 낌새가 느껴져 왔다. 여기저기서 바스락거리는 소리가 점차로 증폭되어지고 있었다. 그녀는 상당히 많은 생물들이 잠을 깨어 주변을 우왕좌왕하고 있는 듯한 느낌을 받았다. 몇 걸음을 더 옮겨놓았을 때였다. 그녀는 어떤 동물 하나가 가볍고 민첩하게 자신의 발등을 밟으며 스쳐가는 것을 의식했다. 그녀는 찢어질 듯 큰 소리로 비명을 질러댔다. 그 소리에 놀라 어떤 동물들이 사방에서 분주하게 움직이고 있는 소리들이 들려오기 시작했다. 그녀는 갑자기 공포심에 사로잡혔다.

"뭔가가 지나갔어요. 살아 있는 동물이었어요. 내 발등을 밟고 지나갔어요. 사방에 어떤 동물들이 산재해 있는 것 같아요. 저는 느낄 수가 있어요. 빨리 돌아가요. 공격해 올지도 몰라요."

그녀의 목소리는 다급해져 있었다.

"다람쥐들입니다. 다른 동물들은 한 마리도 살지 않습니다. 처음에는 몇 가지의 동물들이 살고 있었지만 제가 모조리 잡아 죽여버렸습니다. 다람쥐들을 위해서죠. 동네 사람들은 저를 허풍쟁이라고 하지만 저는 결코 허풍쟁이가 아닙니다. 저를 허풍쟁이로 만든 것은 서울입니다. 서울은 저 같은 촌놈을 그 어디에서도 오래 발붙이고 있도록 내버려두지 않는 도시죠. 사업에도 몇 번이나 실패하고 직장에서도 몇 번이나 쫓겨나곤 했습니다. 하지만 이번에는 반드시 성공하고야 말겠습니다. 반드시 엄청난 돈을 벌어서 민 선생님을 행복하게 해드리겠습니다."

도대체 이게 무슨 소린가. 그야말로 아닌 밤중에 홍두깨였다. 그녀는 점차로 난감해져 가고 있었다. 그렇거나 말거나 주인집 막내아들은 마치 준비된 대본을 외우듯 침착한 목소리로 자초지종을 설명해 주기 시작했다. 그는 지난봄부터 다람쥐를 사서 일부는 서울에 있는 회사에다 납품하고 일부는 이 섬에다 풀어놓았다는 것이다. 그리고 다람쥐들의 생활에 방해가 되지 않도록 다른 동물들을 샅샅이 찾아내어 멸종시켜 버렸다는 것이었다. 이 섬은 유난히 도토리나무와 깨금나무 따위가 많이 서식하므로 다람쥐들이 살아가기에는 가장 적합한 조건을 갖추고 있다는 것이었다.

"사방이 물이기 때문에 도망을 치지도 못합니다."

겉으로 보기에는 이 일대에 산재해 있는 다른 섬들과 조금도 다름이 없지만 막상 안에다 발을 들여놓으면 다람쥐들이 발길에 채여 제대로 걸음을 옮겨놓을 수조차 없을 정도라는 설명이었다. 자기가 풀어놓은 다람쥐 숫자보다 다섯 배 정도나 더 늘어나 있다는 것이었다. 그동안 새끼를 쳤기 때문이라는 것이었다.

"저만이 알고 있는 비밀장소죠."

이 일대는 전체가 상수원 보호 관리 구역이기 때문에 낚시꾼들조차도 접근이 금지되어 있었다. 그는 최적의 장소에 최소의 투자로 최대의 수익을 올릴 수 있는 방법을 찾아내고야 말았다는 것이다. 이러한 장소를 몇 개 더 확보하면 머지않아 자신의 회사를 가질 수도 있다는 것이다. 그녀를 보는 순간 그는 결심했다는 것이다. 분골쇄신으로 돈을 벌어 오직 그녀의 행복만을 위해 한평생을 바치기로.

그녀는 순간적으로 자신이 지금까지 기다려온 특출한 남자가 바로 이 남자였단 말인가 하는 생각을 가져보았다. 그러나 그녀는 이내 완강하게 고개를 가로저었다. 아무런 감정도 느껴지지 않는 남자였다. 지금의 이 상황도 무슨 삼류 영화 속에나 등장하는 장면처럼 혐오스럽게만 느껴졌다. 그의 아이디어는 특출할는지 몰라도 그의 분위기는 역시 촌티를 벗어나지 못하고 있었다. 이런 남자와 한평생을 같이 살아야 한다는 것은 귀양살이에다 고문까지 겹치는 불행을 껴안고 살아야 한다는 사실과 진배없었다. 그녀는 모멸감에 자신도 모르게 부르르 진저리를 치고 있었다.

지금까지 그녀의 내부 깊숙이 잠재되어 있던 시골 혐오증이 한꺼번에 고개를 쳐들고 있었다. 그녀는 다시금 자신의 조악한 운명에 대해 몇 번이고 증오에 찬 욕지거리를 뱉어내고 싶은 충동을 느꼈다.


맹세컨대 그날 밤에는 더 이상 아무 일도 일어나지 않았다. 그녀는 집에 돌아와 자신의 경솔함을 거듭거듭 뉘우치다가 새벽녘에야 잠이 들었다. 그뿐이었다.

하지만 다음날부터 주인집 막내아들은 노골적으로 추근덕거림을 표면화시키기 시작했다. 수업시간에 학교 운동장 주변을 서성거리면서 그녀의 교실 쪽을 흘끔거리고 있거나 출퇴근

길에 멀찍이서 그녀를 미행하는 일이 잦아져 갔다. 집에 있을 때는 대수롭지도 않은 일로 말을 걸어와서 그녀를 자주 번거롭게 만들기도 했다. 여간 부담스러운 존재가 아니었다. 그러나 그녀는 말을 걸어올 때마다 얼음보다 차디차고 칼날보다 날카로운 표정으로 그를 묵살해 버리는 수밖에 없었다.

박경찬 선생에 대해서도 이제는 아무런 마음의 동요가 일지 않았다. 그때는 왜 그토록 불같은 질투심이 끓어올랐는지 자신이 생각해도 어처구니가 없을 지경이었다.

이내 가을이 끝나고 겨울이 왔다.

방학이 되어 서울로 올라가는 날 주인집 막내아들이 청량리 역까지 따라왔다. 자기도 서울에 볼 일이 있다는 것이었다. 하지만 그녀는 자기 때문이라는 사실을 알고 있었다. 의식적으로 간격을 두고 한 번도 시선을 그리로 던지지 않았다. 버스를 타려는데 팔소매를 붙잡고 커피나 한잔하자고 애원했지만 마치 파충류가 자신의 몸에 붙어 있는 듯한 전율감에 비명을 지르면서 황급히 팔소매를 뿌리치고 버스에 올랐다. 버스가 출발했을 때 창밖을 보니 그는 사람들 속에 섞여 망연자실한 표정으로 넋 나간 듯이 이쪽을 보고 있었다.

그녀는 서울에서 거의 방학의 전부를 허비했다. 몇 번 선을 보기도 했다. 어머니의 성화 때문이었다. 그러나 특출한 남자와의 결정적인 인연이 닿아주지를 않았다. 이쪽에서 마음에 들어 하면 상대편은 반드시 엄청난 결혼 조건들을 내세우는 것이 상례였다. 그들에게 있어서는 배우자가 결혼의 첫째 조건이 아니었다. 오직 돈만이 결혼의 첫째 조건이었다. 하지만 별로 초조한 생각은 들지 않았다. 아직도 그녀에게는 다른 여자들이 부러워할 만한 미모만은 남아 있었다. 언젠가는 특출한 남자가 나타나서 돈보다는 미모를 높이 사서 그녀를 데려가리라는 기대감을 결코 버리지 않았다.

아버지가 몇 달 전에 형기를 모두 마치고 출감하기는 했으나 그때까지도 집안은 경제적으로 몹시 어려움을 겪고 있는 상태였다. 이 상태가 일 년만 계속되어져도 지금 살고 있는 아파트마저 팔아치워야 할 입장이라는 것이었다. 그녀의 월급이 얼마나 집안에 보탬이 되는가를 어머니는 누누이 역설해 마지않았다. 따라서 그녀는 유배생활이 죽기보다 싫을 때도 있었지만 참고 견디는 수밖에 없었다. 그래도 그녀의 부모들은 절대로 시골에 다시 내려가 살지는 않겠노라고 말했다. 그 점은 그녀도 마찬가지였다.

그런데 방학이 끝나고 죽고 싶은 심정으로 유배지에 돌아갔을 때 그녀에게는 뜻밖의 사건 하나가 기다리고 있었다.

개학이 시작된 지 일주일 정도가 지난 어느 날이었다.

그날은 토요일이었다. 퇴근해서 새로 맡은 학급 아이들의 생활기록부를 검토하고 있는데 노크도 없이 방문이 벌컥 열어젖혀졌다. 주인집 막내아들이 상기된 표정으로 방문 앞에 서 있었다. 무슨 영문인지는 모르지만 드러난 표정대로라면 그는 극도로 화가 나 있는 것이 분명했다.

눈빛은 적개심에 충혈되어 있었고 호흡은 분노에 차서 몹시 가빠져 있었다.

"무슨 교양 없는 짓이에요."

그녀는 대뜸 표독스러운 목소리로 그렇게 쏘아붙였다. 다른 때 같으면 이런 경우 그는 몸 둘 바를 모르고 머리를 조아리는 것이 상례였다.

그러나 이번에는 아니었다. 어디서 그런 용기가 생긴 것일까. 그는 허락도 받지 않고 보무도 당당하게 문지방을 넘어서 방 안으로 성큼성큼 들어왔다.

"도대체 왜 이러시는 거예요."

그녀는 앉은 채로 뒷걸음질을 치며 그제서야 겁먹은 얼굴로 소리쳤다. 집 안에는 아무도 없었다. 주인집 내외는 하루 종일 보트를 타고 호수에서 그물질을 하는 것이 일과였다. 무슨 봉변을 당한다고 해도 말려줄 사람은 아무도 없었다.

그녀는 그가 오래도록 자신에게 천대받은 것을 앙갚음하기로 작정한 모양이라고 짐작하고 있었다. 그가 덤벼들면 쥐고 있던 볼펜으로 눈알을 찔러야 할지 급소를 움켜쥐고 죽을힘을 다해서 잡아당겨야 할지 망설이고 있는 동안 그는 잠시 숨을 가누더니 그녀 앞에 책상다리를 틀고 앉았다.

"민 선생님 저한테 정말 그렇게까지 악랄하게 구실 줄 몰랐습니다."

그의 말이었다.

아직도 그의 얼굴에서는 분노의 기색이 사라지지 않고 있었다. 그녀는 우선 그를 달래야 한다고 생각했다. 하지만 마땅한 방법이 떠오르지 않았다. 나가세요라는 말만 자꾸 입가에 맴돌았다. 무슨 이유로 그에게 이런 꼴을 당해야 하는 것일까. 그녀는 문득 자신이 정말로 처량하다는 생각이 들었다. 불현듯 서울이 그리워져 왔다. 시골에 있는 모든 것들이 지금의 그녀에게는 재래식 화장실처럼 혐오감을 유발시키고 있었다.

꽃과 벌과 나비와 잠자리 따위들까지도 그녀에게 있어서는 익숙지 않은 이물질들이었다. 비록 날개가 매혹적이라는 장점들을 가지고 있기는 했지만 날개를 빼고 나면 동체는 모두 징그러운 모습들을 하고 있었다. 그녀에게 있어서는 그것들이 매혹적인 날개로 자신을 위장한 벌레들에 지나지 않았다. 아무런 정감도 느낄 수가 없었다. 나무들도 마찬가지였다.

그녀의 고정관념 속에는 인간 가까이에 이토록 많은 나무가 군집해 있을 필요성이 내재되어 있지 않았다. 단지 몇 그루만이 쾌적한 환경과 정서적 분위기를 위해 필요할 뿐이었다. 사방에 빽빽하게 들어차 있는 나무들은 모두 지나치게 정적이었으며 그녀의 가슴을 몹시 답답하게 만들어주는 장치 중의 하나였다. 호수도 마찬가지였다. 그녀의 행동을 철저하게 제한하고 있었다. 한마디로 말하면 그녀는 이 유배지의 모든 것들이 철저하게 싫었다.

모든 동물들은 귀소본능을 가지고 있다는 말이 생각났다. 그녀는 자신이 그 어떤 동물들보다 강한 귀소본능을 가지고 있는지도 모른다는 생각을 했다. 그녀에게 있어서는 빌딩 숲과 네온사인과 자동차와 사람들이 어지럽게 어우러져 있는 서울이 고향이었다. 사람들은 문명을 비판하고 콘크리트를 증오하고 환락가에다 침을 뱉지만 그 속에도 애증이 있고 그리움이 있고 진실이 있었다. 정다움을 느끼고 있었다. 끊임없이 변화하고 무한히 자유로우며 다양한 문화가 번성하는 서울에 비하면 시골은 죽어 있는 것이나 다름없었다. 아아 내가 왜 이런 시골에 살아야 하며 내가 왜 이런 곤욕을 당해야만 하는 것일까. 그녀는 깊은 탄식을 억누르며 주인집 막내아들의 동태를 주시하고 있었다.

"다람쥐를 모두 어떻게 했는지 바른대로 한번 말해 보슈."

그가 추궁하듯 말했다.

아직도 분노는 가라앉지 않고 있었으며 그 때문에 목소리는 다소 격한 어조로 떨리고 있었다. 무슨 소린가. 이 남자가 실성을 하지 않았으면 어떤 오해가 있을 거라는 직감이 순간적으로 그녀의 불안감을 더욱 고조시키고 있었다. 어쩌면 그녀에 대한 사랑의 감정이 속으로 응어리져서 극한 상황에 이른 나머지 갑자기 실성을 해버린 것이나 아닐까. 그럴 것 같았다. 그렇지 않다면 다람쥐를 모두 어떻게 했느냐고 뚱딴지같이 따져 묻지는 않았을 것 같았다. 실성을 했다면 학교와 마을에서 어떤 소문이 날까, 문득 그런 생각이 들자 수치스러워서 벽에다 머리를 쾅쾅 박아버리고 싶은 심정이었다. 그러나 잠시 후 그녀는 다행스럽게도 그가 실성을 하지 않았다는 사실을 알게 되었다.

그가 애써 분노의 감정을 억누르며 그녀에게 들려준 이야기에 의하면 전에 가본 적이 있는 그 섬의 다람쥐들이 한 마리도 남김없이 사라져버렸다는 것이었다. 사방이 물로 둘러싸여 있기 때문에 도망은 칠 수 없을 테고 틀림없이 사람의 소행일 것이라는 주장이었다.

"그 섬에 다람쥐 농장이 있다는 사실을 알고 있는 사람은 민 선생님과 나 두 사람뿐입니다. 도대체 누구에게 그 사실을 발설했는지 바른대로 말씀해 주십시오."

다람쥐들의 생존을 최종적으로 확인해 본 것은 시월 중순경이었고 그것들은 이미 동면상태에 들어가 있었다는 것이다. 다람쥐는 대개 평균기온이 섭씨 십 도 정도로만 떨어지면 땅굴을 파고 동면에 든다고 했다. 그러나 가수면 상태로 잠을 자다 때때로 땅굴 속에 설치해 놓은 먹이창고로 가서 저장해 두었던 열매나 종자 따위를 먹은 뒤에 다시 수면상태로 들어가는 생태를 가지고 있다는 것이었다.

"아직까지 동면하고 있는지도 모르잖아요."

그녀가 죽었던 기를 되살리며 내뱉듯이 말했다.

"굴속도 낱낱이 확인하고 굴 바깥도 샅샅이 뒤져보았습니다."

단 한 마리도 남아 있지 않더라는 것이었다.

그의 말에 의하면 자기가 그녀에게 추근대는 것이 싫어서 그녀가 누군가를 사주하여 다람쥐들을 제거시켜 버렸을 거라는 것이었다. 다람쥐가 없으면 돈을 벌 수가 없을 것이며 돈을 벌 수가 없으면 그녀를 넘볼 수도 없을 것이기 때문이라는 억측이었다. 그녀는 시골 사람 특유의 단순성과 어거지 근성을 논리적으로 어떻게 반박해야 할는지 생각이 막연했다.

"내일 제가 이 집을 나가겠어요. 빨리 내 앞에서 사라져주세요. 댁 같은 남자와 그런 터무니없는 일로 말싸움이나 하고 있을 만큼 선생이라는 직업이 한가하지만은 않다는 사실을 알아주세요. 만약 계속해서 이런 식으로 저를 괴롭히신다면 경찰이라도 부르겠어요. 학교에 전화기가 있다는 사실쯤은 알고 계시겠죠."

그녀가 선생이라는 직업에 특히 힘을 주며 자신의 의사를 분명히 밝혀두었다. 그는 그녀가 집을 나간다는 대목에서 약간 당황하는 표정을 보였다. 그는 대번에 고개가 앞으로 깊이 떨구어졌다. 아까의 그 터무니없는 증오심과 분노는 그 어디에서도 찾아볼 수 없었다.

"제발 방을 옮기지만 말아주세요. 제 사랑을 받아주시지 않아도 좋습니다. 하루 한 번씩 얼굴만이라도 보게 해주세요."

그는 기어들어가는 목소리로 애원하듯 말했다.

그녀는 갑자기 잔인해지고 싶은 충동을 느꼈다.

"하루빨리 꿈에서 깨어나시지요. 우리는 서로 어울리지 않는 사이라는 사실쯤은 본인도 잘 알고 계시겠지요. 서울물을 몇 년 잡수셨으면 촌티가 떨어질 때도 되셨잖아요. 그리고 특히 한 가지만 더 명심하세요. 모르셨겠지만 전 약혼자가 있는 여자예요. 아직 아무에게도 알리지 않았지만 다음 달에 결혼하기로 되어 있어요."

그녀는 단숨에 말해 버리고는 절망감에 사색이 다 되어버린 그의 얼굴을 곁눈질로 확인한 다음 신경질적으로 생활기록부와 볼펜 따위를 집어 들고 황망히 밖으로 나와버렸다.

사건은 그날 저녁 무렵에 발생했다. 그녀가 숙직실에서 생활기록부를 모두 검토정리하고 집에 돌아갈 생각으로 운동장을 가로질러 교문을 향해 천천히 걸어가고 있을 때였다. 교문 앞에 서성거리고 있던 아이들 몇 명이 그녀를 부르며 다급하게 달려오고 있는 모습이 보였다. 날이 어둑해져 오고 있었다.

"무슨 일이냐."

아이들은 가까이 와서도 숨이 차서 말을 제대로 꺼내놓지 못하고 있었다. 푸득푸득 황사 바람이 불고 있었다. 아이들의 입속에 가득 황사 바람이 물려 있었다.

"기병이 아저씨가 대들보에 목매달아 죽었대요."

잠시 후 황사 바람을 가까스로 목구멍에 삼켜버린 아이 하나가 그녀에게 일러준 말이었다. 그 말을 듣고 그녀는 그저 동네 사람 하나가 생활고를 비관한 끝에 목매달아 죽은 모양이라고 생각했다. 이 동네 사람들은 정말로 죽으려고 들면 절대로 물에 뛰어들지는 않는다고 언젠가 박경찬 선생이 말해 준 적이 있었다. 항상 물을 가까이 하고 살아왔기 때문에 물에서는 공포감보다 오히려 친근감을 더 느낀다는 것이었다. 그래서 자살할 때는 대개 물에 뛰어들지 않고 목을 매단다는 것이었다. 그가 부임해 오던 해에도 생활고를 비관해서 노부부가 연쇄적으로 목을 매단 적이 있다는 것이었다. 어디에서 추출한 개똥심리학이냐고 물으니까 마을 사람들에게서 들은 이야기라고 대답했다. 그때는 꾸며낸 얘기 같다는 생각을 했었는데 지금은 사실로 증명이 되어질 것 같은 예감이 들었다.

"기병이 아저씨가 누군데?"

그녀는 무심코 아이들에게 물어보았다. 마을 사람이라면 그녀에게는 누구든 특별한 관계가 없다는 생각이었다.

"선생님은 같은 집에 살고 계시면서 아직 이름조차도 모르시나 봐."

한 아이가 의외라는 듯이 그렇게 말했다. 그제서야 그녀는 현기증을 느끼며 한 손으로 이마를 짚었다. 약혼자가 있다는 말을 해주었을 때 극도의 절망감으로 고통스럽게 일그러지던 그의 얼굴이 떠올랐다. 산더미처럼 거대한 불안감이 가슴을 짓눌러왔다. 그 불안감 속에는 상당한 죄책감도 내포되어 있었다. 틀림없이 자기 때문일 거라는 생각이 들었다. 그러나 그녀는 이내 자기 때문이 아니라 다람쥐 때문일 거라고 생각을 전환시켰다.

유서가 있었다. 이 엄청난 세상을 더 이상 살아갈 자신이 없어서 이 세상을 떠나니 불효자를 용서하라는 말과 그녀를 진심으로 사랑했다는 말이 적혀 있었다. 자기를 어느 섬에다 묻어 달라는 말과 자기의 시체 위에 그녀의 손으로 흙 한 줌만 뿌려 달라는 말도 적혀 있었다. 그리고 섬을 찾을 수 있는 약도와 그에 대한 설명도 자세하게 첨부되어 있었다. 다람쥐에 대한 말은 단 한 마디도 적혀 있지 않았다.

도대체 이 모든 상황들이 사실이라면 발길에 채일 정도로 섬을 가득 메우고 있었다는 그 다람쥐들은 모두 어디로 증발해 버린 것일까.

그의 시체는 관도 없이 거적때기에 싸인 채로 그 섬에 묻혔다. 섬은 적요했다. 다람쥐는커녕 개미 새끼 한 마리도 눈에 띄지 않았다. 하지만 그녀는 그날 밤에 있었던 일을 생생하게 기억할 수 있었다. 어떤 살아 있는 동물 한마리가 가볍고 재빠르게 지나갔던 일들과 어둠과 안개 속에서 인기척에 놀란 그 동물들이 사방에서 어수선하게 움직이는 발자국 소리들을.

그녀는 거적때기에 싸인 그의 시체에 흙 한 줌을 적선하면서도 줄곧 다람쥐의 행방에 대해서만 생각하고 있었다. 사방을 둘러보아도 시퍼런 물뿐이었다. 그녀조차도 도망칠 방도가 없을 것 같았다. 다람쥐들끼리 꼬리에 꼬리를 물고 길게 다리

를 만들어 건너갔을까 하는 생각도 잠시 해보았다. 그러나 어딘지 만화 같다는 생각이 들었다. 뭉게구름 위로 하늘을 쳐다보았다. 화사한 봄 햇빛만 눈부시게 반사되고 있었다.

장례식이 끝나고 며칠 동안을 그녀는 여러 가지 생각에 골몰하다가 마침내 사직서를 제출하기로 마음먹었다. 시골에 대한 염증이 더 이상 그녀를 버틸 수 없도록 부추기고 있었다.

남은 일들을 모두 정리한 뒤 서울로 돌아가기 위해 발동선을 타고 마을을 벗어나면서도 그녀는 줄곧 다람쥐들의 행방에 대해서만 생각이 고정되어 있었다. 죽은 자로부터 전가 받은 누명을 벗지 못한 채 마을을 떠난다는 사실도 목에 걸린 가시처럼 그녀의 의식 속에 걸치적거리고 있었다.


그녀는 삼 년 뒤에나 특출한 남자 하나를 만날 수가 있었다. 남들도 그녀를 보면 누구나 노처녀라는 딱지를 갖다 붙이고 스스로도 거울을 볼 때 한물갔다는 생각이 들기에 충분한 나이였다. 여자는 정말로 꽃과 같은 존재여서 한창 피어날 때 잠시 눈부신 자태를 유지할 수 있을 뿐 그로부터 몇 년만 지나면 바람만 건듯 불어도 낙화유수 같은 신세가 되어 홀로 비애로움에 가슴이 저려오기 마련인 모양이었다.

그녀가 만난 특출한 남자는 어릴 때 소아마비를 앓아 한쪽

다리가 마비되어진 아들 하나와 남편이라면 무조건 하늘처럼 떠받드는 마누라 하나를 거느린 육순의 나이였다. 그것만 빼고 나면 아무것도 흠잡을 데가 없는 남자였다. 아버지에게 하청을 맡기는 건축업자 중의 하나였다. 인물, 성격, 학벌, 가문, 교양, 재산, 취미 그 어느 것을 뜯어보아도 특출한 남자임이 분명했다. 그녀는 오랜 망설임 끝에 그 남자를 시아버지로 모시자는 제의에 동의했다. 그렇다. 특출한 사람은 그녀의 남편이 아니라 그녀의 시아버지였던 것이다.

어딘지 모르게 정략적인 결혼 같다는 사실을 그녀 자신도 부인하지는 않았다. 하지만 이제 그녀는 자신이 결코 특출한 존재가 아니며 그런데도 지금까지 특출한 남자만을 기다려온 자신이 얼마나 어리석었는가를 알 만한 나이쯤은 되어 있었다. 따라서 그녀는 현실에 자신을 맡기면서 조금씩 젊은 날의 허영과 터무니없는 꿈들을 버리려고 노력했다.

그녀의 시아버지는 두말할 나위도 없었지만 시어머니도 여간 정이 두텁고 사려 깊은 여자가 아니었다. 뿐만 아니라 남편 또한 온화하고 원만한 성격을 가지고 있었다. 온 집안이 낙천적이었다. 시집을 온 지 한 달 만에 컵과 접시를 무려 열 개 정도나 깨트렸는데도 거기에 대한 시어머니의 견해는 한결같았다.

"오랜만에 그릇 깨지는 소리를 자주 들으니 유쾌하기 짝이 없구나. 나도 너만 한 나이 때는 그릇깨나 깨트렸느니라. 너무 미안해 할 것 없다. 네가 깨트린 그릇들은 어차피 언젠가는 깨트려지도록 만들어져 있었느니라. 단지 그 시기가 빨랐을 뿐이지."

이런 식이었다.

특히 그녀에 대한 남편의 사랑은 그 누구보다도 지극했다. 남편은 화원을 경영하고 있었다. 언제나 그녀보다 일찍 일어났다. 그녀가 눈을 떠보면 때로는 머리맡에 사랑을 고백하는 편지 한 통이 놓여 있기도 했고 때로는 가슴 위에 한 다발 안개꽃이 안겨 있기도 했다. 그녀는 세월이 흐를수록 시댁 사람들 모두가 특출한 존재 같다는 생각을 하기 시작했다.

시아버지는 나이가 육순이 넘었는데도 빨간 티셔츠를 입고 지프차를 타고 다니며 팝송을 즐겨 듣는 신식 노인네였다. 때로는 대학가의 목로주점 같은 곳에 들러 학생들하고 농담을 주고받으며 술을 마시기도 했고 또 때로는 온 집안 식구들을 불러내어 서커스 따위를 구경시켜 주기도 했다.

시아버지는 당신의 사업 일체를 그녀의 친정아버지에게 일임해 버리고 있었다. 회사에 대해서는 그녀의 친정아버지가 있는 한 조금도 걱정할 건덕지가 없다는 것이었다. 자기보다 그녀의 친정아버지가 몇 배나 더 회사를 번창시키고야 말 테니 두고 보라는 것이었다.

"오늘 아침에는 가족회의가 있으니 지금부터 십 분 이내로 하던 일을 대충 끝내고 전원 거실로 집합하라."

어느 날 시아버지는 아주 심각하게 전 가족을 불러 모았다. 파출부도 운전기사도 관리인도 동참하고 있었다. 아직 세수들도 미처 끝내지 않은 상태였다. 시아버지는 지난밤 어디선가 외박을 하고 꼭두새벽에야 귀가를 한 처지였다.

"오늘은 육십삼 회째 되는 세계 아내의 날이다. 따라서 여자들은 무조건 모든 노동에서 오늘만 열외를 시키기로 했다. 지난밤 한잠도 자지 못하고 친구 놈이 경영하는 음식점에서 주방장과 함께 내가 직접 만든 요리가 곧 도착할 것이다. 이 집 안에 사는 남정네들은 모두 오늘을 기억하고 한 번쯤 나처럼 이런 모사를 꾸며보는 것이 신상에 이롭다는 사실을 알아둘 일이다."

시아버지가 가족회의를 열게 된 경위를 설명했다.

"아버님. 세계 아내의 날은 금시초문인데요. 도대체 어느 나라에서 어떤 단체가 주관하고 있나요?"

그녀의 남편이 물었다. 전 가족이 금시초문이라는 사실에 동의했다.

"코리아라는 나라의 노경산이라는 사람이 제정했지."

시아버지의 대답이었다.

노경산은 바로 시아버지의 이름이었다.

"오늘이 육십 몇 회째 세계 아내의 날이라면서 왜 여태까지 한 번도 챙겨주지 않았수."

시어머니의 악의 없는 항변이었다.

"어제 갑자기 제정했기 때문이오."

시아버지는 짤막하게 답변했다.

잠시 후 정말로 엄청나게 많은 요리들이 끊임없이 배달되어져 오기 시작했다. 나중에 시아버지의 친구 분이 전언해 준 바에 의하면 전날 밤 영업이 끝나자마자 시아버지가 주방장과 함께 밤을 꼬박 새워가며 손수 요리를 만든 것이 사실이었다.

시아버지의 취미는 사냥이었다. 젊었을 때는 사냥철이 되면 자주 멧돼지도 잡아오고 꿩도 잡아오고 산토끼도 잡아왔었노라고 시어머니는 회상했다.

"잡아오면 언제나 손수 요리를 해주곤 하셨지."

하지만 나이 들고부터는 총을 들고 자주 사냥을 다니시기는 하지만 새앙쥐 한 마리도 잡아오는 법이 없었노라고 말했다.

"요즈음은 세월의 심장이나 쏘면서 사신다지만 솜씨가 떨어지신 거겠지. 그래도 마음은 아직 청춘이시란다."

시어머니는 그렇게 말했지만 시아버지는 사냥이 좋아서 총을 들고 산천을 두루 헤매어보기는 하지만 살생은 이제 더 이상 즐거움이 될 수 없다는 사실을 알았기 때문이라고 응수했다. 그녀는 시아버지의 말이 사실일 거라고 믿었다. 차츰 그녀는 시댁의 모든 사람들과 동화되어 가고 있었다. 사는 일이 조금씩 즐거움으로 바뀌어가고 있었다.

그러던 어느 날이었다. 시아버지가 사냥을 나갔다가 며칠 만에 귀가해서 그녀에게 놀라운 이야기 하나를 들려주었다. 겨울이 끝나갈 무렵이었다.

"애기야. 전에 네가 어디서 교편생활을 했었더라."

시아버지가 사냥에서 돌아와 대수롭지 않은 표정으로 그렇게 물었다.

시아버지는 이번에도 세월의 심장이나 쏘고 돌아오신 모양이었다. 빈손이었다. 그녀는 묵은 기억의 서랍 속에서 자신의 비참했던 편린 한 조각을 끄집어내는 것이 싫었지만 비교적 자세하게 위치를 설명해 드렸다.

"바로 거기였다."

이번에 사냥을 다녀온 장소가 바로 거기라는 것이었다. 낚시는 금지되어 있지만 수렵은 허용되어 있는 지역인데 친구들이 그 일대에서 날짐승 사냥에 재미를 붙여 하도 같이 가자고 졸라대는 바람에 따라갔었다는 설명이다.

"나는 거기서 친구들과 아주 진기한 광경을 목격했지."

여행은 며칠 동안 별로 재미를 보지 못했으므로 배를 타고 물길을 따라 좀 더 깊숙한 곳까지 들어가보기로 작정하고 이른 아침부터 모터보트 한 척을 전세 내어 마땅한 장소를 물색하다가 그 진기한 광경을 목격한 모양이었다.

"다람쥐 떼였지. 나는 오늘날까지 살아왔어도 아직 그토록 많은 다람쥐를 한꺼번에 본 적은 없단다. 아마 수백 마리는 될 거다. 아니지. 아마 수천 마리는 될 거야."

그녀는 갑자기 전율감이 전신을 엄습해 옴을 의식했다.

시아버지의 말은 계속되고 있었다.

"그 지역은 산들이 물에 잠겨 여기저기에 여러 개의 섬들을 형성하고 있었는데 후미지고 그늘진 곳이어서 아직 얼음이 풀리지 않은 상태였지. 더 이상 진입해 들어갈 수가 없어서 막 되돌아 나오려는데 친구 놈 하나가 저게 뭐냐고 갑자기 겁에 질린 목소리로 소리치면서 어딘가를 손가락질로 가리켜보이기 시작했지. 저게 뭐지, 저게 뭐지 하면서 말이야. 그가 가리키는 곳을 유심히 살펴보니 아주 작은 짐승들이 떼를 지어 한쪽 섬에서 다른 섬으로 얼음을 타고 이동 중에 있었지. 한참 동안을 바라보았지만 행렬은 좀처럼 끝나지 않았단다. 우리는 돌아오는 길에 서로 약속했지. 우리가 보았던 광경을 아무에게도 말하지 않기로. 왜냐하면 다람쥐는 떼를 지어 다니는 동물이 아니거든. 누구에게 말해 주어도 믿지 않을 것임이 분명하거든. 하지만 분명히 다람쥐였다. 대학에서 생물학을 강의하던 친구 놈도 하나 섞여 있었는데 배가 파손되어지거나 기관고장을 일으킬 위험을 감수하면서도 부득불 최대한 가까운 지역에까지 다가가서 그것들이 다람쥐임을 확인하고야 말았으니까. 그 친구의 말에 의하면 모든 생물은 환경의 지배를 받을 수밖에 없으며 댐이 설치됨으로써 개체변이를 일으킨 케이스 중의 하나일 거라는 거야. 환경에 의해서 변이되었으니까 환경변이라고 해야 더 정확한 표현이고 방황변이라고 하더라도 틀린 말은 아니라더군. 나는 방황변이라는 말이 더 마음에 들었단다."

그녀는 시아버지의 말을 들으며 거적때기에 싸여 있던 한 남자의 시체를 떠올렸다. 왜 얼음을 생각해 내지 못했을까. 그녀는 겨울이 되면 언제나 상경해서 얼음이 풀린 다음에야 유배지로 돌아갔었다. 한 번도 얼어 있는 호수를 본 적이 없었다. 바로 그것이 맹점이었다. 스스로가 체험하지 않은 것은 진실성에 아무런 도움을 주지 못하는 것이다.

그녀는 한 남자의 영혼이 다람쥐 떼로 화해서 해빙기가 되면 얼음을 타고 섬과 섬 사이를 방황하고 있는 것이라고 생각했다. 그녀 역시 환경에 따라 여기까지 변이해 온 한 마리 다람쥐는 아니었을까. 그녀는 무심코 창밖을 내다보았다. 남편이 목발을 짚고 절름거리는 걸음걸이로 환하게 웃으며 마당을 가로질러 오고 있었다. 그녀를 보자 한쪽 손을 높이 들어 보였다. 화원에서 꺾어온 꽃 한 묶음이 쥐어져 있었다. 햇빛이 눈부시게 화창한 날이었다.

해우석(解憂石)

녹전(碌田) 김평욱(金平旭)은 마흔두 살에 결혼해서 슬하에
다섯 살 난 아들 하나를 두고 있었다. 그는 탐석광(探石狂)이었
다. 명석을 찾아서 허구한 날을 땅바닥만 내려다보며 전국을
누비다 보니 자연히 결혼이 늦어질 수밖에 없었다. 하지만 뒤
늦게 결혼을 하고 나서도 그는 가장으로서의 책임감을 가지고
가정을 돌보지는 않았다. 오로지 탐석에만 열중했다. 아이가
태어나서 다섯 살이 될 때까지 얼굴을 네 번밖에 대면하지 못
했을 정도였다. 아버지가 된 연후로 집에 들어간 적이 일 년에
한 번 꼴도 못 되는 셈이었다. 누가 가정에 대해서 물으면 언제
나 함구무언이었다. 마누라의 나이도 모르고 있었고 아이의

나이도 모르고 있었다. 그러나 다행스럽게도 경제적으로는 그리 쪼들리는 편이 아니었다. 부모에게서 물려받은 얼마간의 재산도 있는 데다 마누라가 직장생활을 해서 벌어오는 돈도 있었다. 단지 무관심이 문제였다.

하지만 그가 주관하고 있는 탐석회의 회원들은 가족들조차 팽개치고 탐석에만 몰두하는 그의 열의를 귀감의 표본이나 되는 듯이 생각하고 있었다. 그는 탐석을 통해서 도에 이르고자 하는 수도자의 한 사람이었다. 모두들 흉내를 내지 못해 조바심이 나 있을 정도였다. 마누라들이 그 사실을 알면 암살이라도 모의하지 않을까 자못 걱정이 앞설 지경이었다. 좋은 돌을 만나기란 좋은 마누라를 만나기보다 몇 배나 힘든 법이었다. 그런데도 그가 수집해 놓은 돌들은 모두가 수준급이었다. 백과사전이나 수석입문서에 명석의 표본으로 등재되어 있는 것들도 한두 점이 아니었다. 뿐만 아니라 돌에 관한 전문지식도 타의 추종을 불허할 정도였다. 몇 날 몇 밤이라도 지치지 않고 떠들어댈 수가 있었다.

그러나 해우석(解憂石)에 관한 말만 나오면 그는 아무 대꾸도 하지 못했다. 대번에 기가 죽어버린 표정으로 탄식 같은 한

2018 RMHU

숨만 길게 내뱉을 뿐이었다. 그가 알고 있는 바에 의하면 절에서는 화장실을 해우당(解憂堂)이라고 지칭하는데 화장실이 일만근심을 덜어준다는 연유에서 붙여진 이름이었다. 그러니까 해우라는 단어는 해탈이라는 단어와 같은 의미였다. 따라서 해우석은 그대로 해탈석이나 다름이 없었다. 보기만 하면 일만근심을 사라져버리게 만드는 돌. 탐석을 생활의 전부로 알고 살아가는 사람이라면 누구나 꿈꾸게 되는 돌. 그는 이 세상에 반드시 그런 돌이 존재하리라고 믿고 있었다.

얼음이 얼고 있었다. 그는 도계에서 산수경석(山水景石) 한 점을 건진 것으로 만족하고 올해의 탐석을 모두 마무리 짓기로 마음먹었다. 오석이었다. 경도도 높고 빛깔도 짙었다. 적당히 균형 잡힌 두 개의 산봉우리 사이로 하얀 폭포가 수직으로 낙하하고 있었다. 제법 빠지지 않는 운치를 가지고 있었다.

집으로 돌아오니 생각대로 그의 마누라는 볼이 부어 있었다. 아이도 서먹서먹해 하는 표정이었다. 멀찍이서 그의 주변을 맴돌기만 했다. 그는 아무 말도 하지 않고 돌을 손질하기 시작했다. 돌은 차츰 윤기를 드러내며 선명한 빛깔로 되살아나고 있었다. 몇십 분이 지나자 아이는 서먹서먹함이 사라져

버린 모양이었다. 곁에까지 바싹 접근해서 호기심이 서린 표정
으로 그의 작업을 주시하고 있었다.


"아빠. 그거 뭐예요."

한참 만에 아이가 도계에서 탐석해 온 산수경석을 가리키
며 그에게 물었다.

"돌이란다."

그는 아이가 자신이 탐석해 온 돌에 대해서 관심을 가져주
었다는 사실에 적지 않은 반가움을 느끼며 호기 있는 목소리
로 대답해 주었다.

"그거 돌 아니에요."

그러나 아이는 완강하게 도리질을 해 보였다.

"그럼 이게 뭐지."

"몰라요."

"이게 진짜 돌이야."

"아니에요."

아이는 더 이상 아무 말도 하지 않고 슬그머니 밖으로 나가
버렸는데 그는 줄곧 왜 아이가 자신이 탐석해 온 산수경석을
돌이 아니라고 우겼는지 의아해하고 있었다. 그러나 미처 십여
분도 지나지 않아서 아이가 방 안으로 다시 들어왔다. 그리고

그 의아함은 순식간에 충격으로 뒤바뀌면서 지금까지 그가 오래도록 간직하고 있던 관념의 벽을 한꺼번에 허물어버리는 사태를 유발시켰다.

"이게 돌이에요."

아이의 손에는 길바닥에 굴러다니는 작은 돌멩이들 몇 개가 쥐어져 있었다. 충격적이었다. 갑자기 그는 지금까지 자신이 너무 돌에 대해서 주관적인 생각을 가지고 있었다는 생각이 들었다. 그는 시야가 확 트여버리는 듯한 느낌이었다. 그는 아이의 앙증맞은 손아귀를 주시하면서 자신이 너무 오랜 세월에 걸쳐서 돌을 편애하고 있었음을 깨닫게 되었다. 지금까지 그가 전국을 헤매면서 찾아다닌 돌들은 아이의 말대로 진정한 돌이 아닐는지도 모른다는 생각이 들었다. 지금 아이의 손에 쥐어져 있는 저 평범한 잡석이야말로 진정한 돌일는지도 모른다는 생각이 들었다. 그는 비로소 이 세상 모든 돌들을 사랑할 수 있을 것 같았다.

한참 동안 아이의 얼굴을 물끄러미 쳐다보면서 그는 마침내 자신의 해우석을 찾아내었음을 알게 되었다.

완전변태(完全變態)

꿈꾸는 자에게 무슨 죄가 있는가


소리

복도에서 발자국소리가 들린다.

발자국소리는 공명이 되어 교도소 전체를 쩌렁쩌렁 울린다. 마치 교도소 전체가 텅 비어 있는 듯한 느낌을 준다. 교도소에서 쩌렁쩌렁 울리지 않는 소리가 무엇일까. 없다. 교도소에서는 귓속말조차도 공명이 되어 뼛속까지 쩌렁쩌렁 울린다.

뿐만 아니라 교도소의 모든 소리들은 이상하게도 금속질이다. 그리고 정체가 불명확한 불안감을 만들어 증폭시키는 특징을 가지고 있다.

발자국소리는 나동 205호 쪽으로 다가오고 있다.

구두 밑바닥이 시멘트에 지익직 끌리고 있다. 저런 소리를 내면서 한가롭게 복도를 걸어다닐 수 있는 사람은 적어도 이 교도소 안에서는 교도관밖에 없다.

규칙적으로 들려오던 발자국소리는 내가 입방해 있는 205호실 앞에서 정지한다. 잠깐 사이 무서운 정적이 감돈다. 이윽고 쇠창살 사이로 교도관의 얼굴이 나타난다. 지극히 평범한 얼굴이다. 서른다섯 살쯤 되어 보인다. 무표정하다. 지루함과 무료함을 전신에 주렁주렁 매달고 있다. 금방이라도 하품을 한 입 베어물 듯한 표정이다.

교도관은 쇠창살 사이로 실내를 한번 훑어본 다음 무슨 말인가를 하려다 말고 갑자기 발길을 돌려버린다. 수시로 되풀이되는 일이기는 하지만 굳이 불만을 토로하자면 바로 이 부분. 교도관이 무슨 말인가를 하려다 말고 돌아서는 부분이 문제다.

교도소에서는 사람끼리 얼굴을 대면했을 경우 침묵이 곧 형벌이 된다. 면회를 온 놈이 침묵을 고수하고 있거나 감방동료가 침묵을 고수하고 있다고 생각해 보라. 한마디로 미친다. 이건 그 자체로 고문이다.

죄수들은 고요가 싫다. 고요가 지속되면 신경이 예민해지고 신경이 예민해지면 불안과 초조라는 괴물이 슬그머니 고개를 쳐든다. 그때 복도를 울리는 발자국소리. 누굴까. 죄수들은 교도관인 줄 뻔히 알면서도 발자국의 정체를 확인하고 싶어진다. 은근히 어떤 변수를 기대한다. 점차 발자국소리가 가까워지면서 쇠창살 사이로 교도관의 모습이 보이기 시작한다. 죄수들은 한 마디라도 좋으니 무슨 말인가를 해주기를 간절히 기대한다. 그런데 저 거지발싸개 같은 교도관은 무슨 말인가를 하려다 말고 아무렇지도 않게 등을 돌려버리는 것이다. 그 순간, 감옥에 갇혀보지 않은 사람들은 모를 것이다. 당장이라도 쇠창살을 뚫고 나가 교도관의 목을 졸라버리고 싶은 죄수들의 심경을.


시간

교도소의 시간은 암갈색이다.

감방마다 시간의 시체들이 유기되어 있다. 죄수들은 자신의 시간들이 죽어서 썩고 있다는 사실을 감옥에 와서야 비로소 깨닫는다. 그냥 깨닫는 게 아니라 절실하게 깨닫는다.

어떤 죄수들은 자신들의 인생이 통째로 죽어버렸다고 생각한다. 그러나 자신의 시간이나 자신의 인생을 자신이 죽였다고 생각하는 죄수는 드물다. 모두가 타살이지 자살은 아니라고 생각한다. 책임을 전가할 대상은 무궁무진하다. 정치인, 사업가, 종교인, 교육자, 예술인, 법률가, 철학자, 경찰관. 모든 직업에 종사하는 인간들의 앞머리에 '쌍놈의'라는 수식어만 붙이면 된다.

죽은 시간을 살리기 위해 죄수들은 고도의 집중력으로 바둑을 두거나 장기를 두거나 공예품을 만든다. 고도의 집중력. 이렇게밖에는 표현할 길이 없다.

죄수들은 마치 수술을 감행하는 의사처럼 온 신경을 집중해서 모든 일들을 수행한다. 하다못해 밥을 먹을 때도 다른 생각을 하지 않는다. 오로지 밥만을 생각한다. 다른 생각을 하게 되면 불안과 초조라는 괴물이 머리를 쳐들기 때문이다.

죄수들은 밥알을 뭉쳐서 로댕의 생각하는 사람과 똑같은 미니어처를 만들기도 하고 칫솔대를 갈아서 거룩한 성모마리아상을 만들기도 한다. 창틀에는 죄수들이 만든 온갖 공예품들이 즐비하다. 남근도 있고 옥문도 있다. 칫솔대로 만든 꽃밭도 있고 밥알로 빚은 벌나비도 있다. 어떤 작품은 대한민국예술공예대전 공모에 출품을 해도 특선 정도는 너끈히 따놓은 당상이다.

하지만 사회에 나가면 무용지물이다. 감옥에서만 발현되는 능력이기 때문이다. 그렇다고 그놈의 집중력이 아까워서 평생을 감옥에서 썩을 수는 없는 일이다. 더욱 안타깝고 애석한 일은 감방에서 만든 물건을 밖으로 가지고 나갈 수가 없다는 것이다. 감방에서 만든 물건을 밖으로 가지고 나가면 반드시 다시 감방으로 돌아오게 된다는 징크스가 있기 때문이다.


애벌레

교도소의 모든 공간에는 공허가 들어차 있다.

나동 205호도 마찬가지다.

나는 어제 나동 205호에 입방했다.

나동 205호는 미결감이다. 아직 형이 확정되지 않는 죄수들을 수용하는 감방이다. 내가 입방했을 때는 아무도 없었다. 공허뿐이었다.

비록 법을 어기시기는 했지만 그래도 고명하신 선생님을 잡범들하고 같이 생활하게 할 수는 없지요.

교도관의 말이었다. 그러니까 나를 독방에 배당한 것은 일종의 특혜였다.

그런데 아침에 기상해 보니 녀석이 입방해 있었다.

정확하게 말하면 녀석이 벌레처럼 몸을 꿈틀거리면서 방바닥을 기어다니고 있었다.

당신 뭐요.

내가 볼멘소리로 물었다.

애벌레요.

녀석의 대답이었다.

무슨 애벌레요.

호랑나비 애벌레요.

그러지 말고 죄목을 말해 보시오.

대마관리법 위반이오.

그는 대마초를 피우고 호랑나비가 되는 꿈을 꾸었다는 것이다. 그런데 마약 단속반이 들이닥쳐서 자기를 붙잡아 갔다는 것이다. 무슨 죄가 있다고 무슨 죄가 있다고 무슨 죄가 있다고, 자기를 붙잡아 갔는지, 니미럴, 도무지 이해를 할 수가 없다는 것이다.

나는 녀석이 아직 대마초에 의한 환각상태에서 깨어나지 못한 모양이라고 생각했다. 하지만 녀석은 이틀째가 되어도 환각상태에서 깨어나지 않았다. 아무리 생각해 보아도 대마초 때문은 아닌 것 같았다. 내가 알기로 이틀이 지나도 환각상태가 지속되는 대마초는 지구상에 존재하지 않는다.

당신은 다소 현실성이 떨어지는 것 같다고 내가 그에게 말했다. 그러자, 현실성 현실성 현실성이라고 되풀이한 다음 그가 대답했다.

나는 단지 평소에도 몽환 속에서 호랑나비가 되는 꿈을 꾸고 있을 뿐이오.

녀석은 틈만 있으면 벽에 붙어서 꿈틀꿈틀 몸을 움직였다. 그리고 창살까지 접근해서 바깥 풍경을 내다보았다.

바깥 풍경은 을씨년스럽기 짝이 없었다. 운동장과 담벼락과 망루와 하늘. 풀 한 포기 없이 건조한 운동장의 땅바닥. 그중에서 그런대로 을씨년스럽지 않은 것은 하늘뿐이었다. 하지만 하늘도 다 보이는 것은 아니었다. 담벼락과 창틀 사이에 한 뼘 정도, 푸른 실개천처럼 하늘이 흐르고 있었다.


허공에도 길이 있다

철커덕.

자물쇠가 풀리는 소리, 이어 금속질의 재채기를 날카롭게 뱉어내면서 철문이 활짝 열린다. 교도소 전체가 기지개를 켠다. 운동시간이다. 나는 자리에서 일어나 감방을 나선다. 교도관은 어느새 자기 자리로 돌아가 책을 들여다보고 있다. 정물 같다. 창살 사이로 들어온 초여름 햇살이 그의 머리와 어깨를 흥건하게 적시고 있다. 실내 가득 무거운 정적이 적재되어 있다. 마치 무성영화의 한 장면 같다.

나는 감방을 나와 운동장으로 향한다. 녀석도 벽에 붙어서 꿈틀꿈틀 복도를 빠져나가고 있다. 만물의 영장인 호모사피엔

스가 저 따위 동작으로 자신을 이동시키고 있다니. 하지만 나는 녀석의 동작에 그다지 거부감을 느끼지 않는다.

나는 이해한다. 감옥에서는 무슨 놀이에라도 심취하지 않으면 시간이 흐르지 않는다. 죄수들은 대부분 시체놀이를 한다. 시간과 인생이 죽어버린 교도소에서는 의도하지 않아도 저절로 그렇게 되는 것이다.

하지만 녀석은 애벌레놀이를 하고 있다.

녀석의 이동방법은 이차원적이다. 연결된 면을 따라서만 이동한다. 연결된 면을 따라서 이동하다가 부분적으로 끊어진 면이 있으면 그 자리에서 이리저리 머리를 내저어 보다가 더 이상 전진하지 못한다. 건너뛰는 능력이 없는 것이다. 하지만 이어진 면에서는 어디든 이동이 가능하다. 녀석은 감방 벽에 붙어 있을 때도 있고 감방 창살에 붙어 있을 때도 있다. 복도의 벽면을 타고 기어다닐 때도 있고 운동장의 담벼락을 타고 기어다닐 때도 있다.

녀석은 지금 애벌레이기 때문에 꿈틀꿈틀 기어다닐 수밖에 없지만 탈피를 해서 날개를 가지게 되면 모든 이차원적 장애는 무용지물이나 다름이 없다는 주장이었다.

허공에도 길이 있어요. 바로 나비가 날아다니는 길이지요. 접도라고 해요. 날개만 가지게 되면 접도를 이용할 수가 있어요. 이차원을 탈피해서 삼차원으로 들어갈 수가 있는 거지요.

녀석은 다소 들뜬 목소리로 나비가 다니는 길을 접도라고 한다는 정보도 제공해 주었다. 한자로는 나비 접(蝶)에 길 도(道)자를 쓴다고 했다. 그래, 접도(蝶道). 하지만 나도 오래전부터 알고 있었던 단어였다.

미결수들이 사용하는 나동의 운동장은 면적이 너무 좁다. 차라리 마당이라고 해야 적당한 면적이다. 마당 주위로는 높고 견고한 콘크리트 담벼락이 설치되어 있다. 그리고 담벼락 끝에는 망루가 보인다.

녀석은 언제나 꿈틀거리면서 이동한다. 하지만 죄수들은 일절 녀석에게 관심을 표명하지 않는다. 재판이 열리면 어떤 방법으로 판검사를 속여 먹을까만 골똘히 생각하고 있는 표정들이다. 때로 약간의 패배감과 약간의 절망감이 미간을 스쳐가기는 하지만 이내 태연자약한 모습으로 되돌아온다.


조폭

운동시간만 되면 양쪽 팔을 호랑이 문신으로 도배한 죄수 하나가 나타난다. 이목구비 사대육신 어디에서나 '수틀리면 팬다'라는 위압감이 발산되고 있다. 이른바 조폭이다. 조폭은 날마다 담벼락에 비스듬히 어깨를 기대고 순진하게 생겨먹은 대학생 미결수 하나를 손가락으로 까딱까딱 불러 세우고는 문초를 시작한다. 대학생 미결수는 성폭행범으로 알려져 있다. 조폭은 대학생이 감방에 들어오게 된 동기를 이실직고하라고 다그친다.

이미 몇 번이나 재탕을 거듭한 사연이다. 그래도 조폭은 듣고 싶어 한다. 대학생은 겁먹은 표정으로 이실직고를 거듭한다.

대학생은 과외를 하던 여고생 엄마의 유혹을 뿌리치지 못하고 밤마다 불륜에 빠진다. 모텔에서 성관계를 가진 적도 있고 자택에서 성관계를 가진 적도 있다.

조폭은 아주 집요하게 성관계에 관해서 물어본다. 여자가 어떤 체위를 가장 선호했느냐. 성감대는 어디어디였느냐. 신음소리는 어떠했느냐. 가장 많이 했을 때가 몇 번이냐. 대학생은 조폭이 묻는 대로 소상하게 대답한다.

대학생이 그래도 되는 거여.

그러면 안 된다고 생각합니다.

헌디 왜 그랬어.

저도 모르겠습니다.

그런데 어느 날, 몸이 아파서 일찍 조퇴를 하고 집으로 돌아온 여고생이 불륜의 현장을 목격하고야 만다. 다음날 대학생은 고민 끝에 입막음을 한답시고 그 여고생까지 덮쳐버린다.

하지만 결국 대학생은 자기가 가르치던 여고생의 고발로 감옥까지 오게 된다—는 이른바 떡담이다.

니미, 요즘 대학에서는 교수들이 떡학을 갈치는개벼. 그라고 아그야, 아무리 조개라믄 사족을 못 써부는 나이라 허더라도 처묵을 거 안 처묵을 거는 가릴 줄 알아야 대학생이제. 안 그냐.

조폭은 떡담이 끝나면 눈을 부라리면서 대학생의 급소를 걷어찬다. 대학생은 불에 덴 새우처럼 전신을 웅크리고 경련을 일으키며 땅바닥에 나뒹군다.


식구통

벌컥,

식구통이 열린다.

벌컥 하고 열리는 미결감 205호의 식구통은 어쩐지 욕설을 내뱉는 기분을 느끼게 만든다. 인간 쓰레기들아, 사료 처먹을 시간이다, 벌컥. 식구통은 아가리를 벌리자마자 음식들이 담긴 식판 하나를 토해 놓는다.

오늘의 기본 식단은 잡곡밥에 된장국이다. 콩나물무침 약간. 돼지볶음 약간. 두부구이 약간. 오이 몇 조각도 들어 있다. 콩밥은 교도소를 상징하는 대표음식이다. 하지만 오늘날은 콩

밥을 보기 힘들다. 콩 몇 알이 밥에 섞여 있을 때가 있기는 하지만 대표음식이라고 할 수는 없다.

오늘날은 요일마다 다른 음식들이 식단에 오른다. 야채가 나오는 날도 있고 고기가 나오는 날도 있다. 생선이 나오는 날도 있고 장아찌가 나오는 날도 있다. 물론 김치는 필수다. 하지만 모든 음식들이 맛대가리가 없다. 음식 자체에 문제가 있는 것은 아니다. 죄수들은 경찰에 구속되는 순간부터 식욕을 잃어버린다. 출감하기 전에는 식욕을 되찾을 수 없다. 그러니까 감옥에서는 어떤 음식을 먹어도 맛대가리가 없는 것이다.

교도소에서의 식사는 단지 목숨을 부지하기 위한 수단에 불과하다. 인간이 먹기 위해 사느냐 아니면 살기 위해 먹느냐 따위의 명제는 교도소 이전이냐 이후냐에 따라 사정이 달라진다.

이게 다 먹고살기 위해 하는 짓이여, 라고 말하면 교도소에 오기 전의 상황이다. 그러나 살기 위해 일단 먹어두자, 라고 말하면 교도소에 온 다음의 상황이다.

녀석은 어떤가. 녀석은 음식을 거의 입에 대지 않는다. 애벌레이기 때문에 밥이나 국 따위는 일절 먹을 수 없다는 것이다. 녀석은 오이 한 조각만 먹고도 사흘 정도는 거뜬히 버틴다. 식사가 끝나면 언제나 설거지는 내가 해야 한다. 속칭 뺑끼통 청소도 내가 해야 한다. 녀석은 꿈틀꿈틀 벽을 타거나 드렁드렁 코를 고는 것이 수인생활의 전부라고 생각한다. 재판 따위는 신경 쓰지 않는다. 나비가 되어 탈출하면 그만이라는 태도다.


교도관

교도관들은 제복을 착용한다. 제복은 특권의 상징이며 위엄과 위협을 합법적으로 보장받는다. 물론 죄수복도 제복에 해당하기는 하지만 교도관들의 제복과는 성격이 판이하게 다르다. 교도관들의 제복이 지배적인 위엄을 나타낸다면 죄수들의 제복은 피지배적인 굴욕을 나타낸다.

죄수들은 교도관 앞에서 대부분 위축감을 느낀다. 하지만 실제로는 교도관도 그리 대단치 않은 존재들이다. 단지 몇 푼의 월급을 받는 조건으로 감방 복도에서 죄수들과 똑같이 징역살이를 해야 하는 존재들이다.

초범을 제외한 죄수들은 그 사실을 잘 알고 있다. 그래서 뻑하면 교도관들에게 농담을 던지거나 시비를 걸기도 한다. 하지만 대부분의 교도관들은 들은 척도 하지 않는다.

나동은 4명의 교도관이 2명씩 격일제로 근무한다. 2명이 12시간씩 교대로 감방 복도를 지키는 것이다.

4명의 교도관 중에서 죄수들이 왜사라고 부르는 교도관이 있다. 냉랭한 표정에 날카로운 눈매를 가지고 있다. 간혹 죄수들이 말이라도 걸면,

당신 눈에는 교도관이 빵잽이들하고 농담 따먹기나 하라고 법무부에서 배치시켜 놓은 허수아비로 보입니까,

라는 말로 죄수들의 입을 무자비하게 틀어막아버린다. 성질머리하고는. 그래서 그가 출근하면 그 순간부터 교도소는 완전히 왜정시대 분위기로 전환된다. 왜사라는 별명을 괜히 얻은 것이 아니다. 왜사(倭査). 바로 왜놈 순사라는 뜻이다.

그는 퇴근시간이 임박해 오면 205호 창살 밖으로 모습을 드러낸다. 그리고 한참 동안 무슨 말인가를 입 안에 넣고 우물거리는 듯한 표정을 유지한다. 그러다가 저어, 선생님, 하고 내게 말을 걸어온다. 한껏 부드럽게 가다듬은 목소리다. 다른 죄수

들에게는 어림도 없는 친절이다.

내가 네, 하고 대답을 해도 입 안에 우물거리던 말을 쉽게 뱉어내지는 않는다. 나는 그가 무슨 말을 하려는 것인지 잘 알고 있다. 하지만 초조한 마음은 어쩔 수가 없다. 감옥은 그런 곳이다.

선생님. 출감하면 여기서 있었던 일들을 글로 쓰실 건가요.

늘 같은 질문이다.

아마 그럴 겁니다.

나도 늘 같은 대답을 한다.

선생님도 저를 간수로 표현하실 건가요.

어떻게 표현하기를 바라시는데요.

요즘은 간수라는 말을 쓰지 않습니다. 간수라는 말은 왜정 때 쓰던 말이지요. 요즘은 간수라는 말 대신 교도관이라는 말을 씁니다.

알겠습니다.

무엇 때문에 왜사는 날마다 내게 같은 질문을 던지고 나는 그때마다 같은 답변을 되풀이해야 하는 것일까. 처음에 나는 그가 건망증이 심하거나 교도관의 역할을 수행하는 첨단 로봇이 아닐까 의심했을 정도였다. 그렇지 않고서야 날마다 같은 질문에 같은 대답을 되풀이할 이유가 없었다. 하지만 아니었다. 그가 바라는 대답이 따로 있었다.

선생님. 출감하면 여기서 있었던 일들을 글로 쓰실 건가요.

나중에 안 일이지만 그는 이 대목에서 내가,

안 쓸 겁니다.

라는 대답을 해주기를 기대하고 있었다. 그는 첫 질문을 하고 대답이 나온 다음에도 상당한 시간을 침묵으로 허비하고 나서야 다음 질문으로 넘어간다. 분명히 할 말이 따로 있는 눈치였지만 실토를 하지 않는다. 그런데,

어느 날, 운동시간에 어떤 죄수로부터 우연히 왜사에 대한 이야기를 들었다. 나는 그 이야기를 듣고 나서야 왜사가 내게 바라는 것이 무엇인가를 알고 실소를 금치 못했다.

옛날에 민주투사 한 분이 205호에서 미결수 시절을 보낸 적이 있었다. 그는 민주투사로 알려지기는 했지만 원래 참여소설로 이름이 널리 알려진 문인이었다. 그는 출옥한 다음 어느 사상지에 옥중체험기를 연재했고 유독 왜사를 '아주 질 나쁜 간수'로 묘사하는 바람에 왜사가 크게 마음의 상처를 입었다는 것이다.

하지만 나는 감옥에서 겪은 일들을 글로 쓴다고 하더라도 왜사를 질 나쁜 간수로 매도할 생각은 추호도 없었다.

죄인

누구든지 죄 없는 자가 이 여자를 돌로 쳐라.

예수의 말이다.

아, 졸라 멋있는 예수. 얼마나 간지나는 복음이냐. 죄수들은 기독교인도 아니면서 이 말 때문에 예수에 열광한다. 누구든지 죄 없는 자가 이 여자를 돌로 쳐라. 죄수들에게는 일종의 면죄부나 다름이 없는 일갈이다.

특히 이 말 속에는, 강한 믿음 하나가 내재되어 있다. 바로 당시 현장에 있던 군중 속에는, 죄 없는 자가 한 사람도 존재하지 않을 거라는 믿음이다. 뿐만 아니라 자신의 잘못에는 관대하고 타인의 잘못에는 엄격한 세인들의 속성에 일침을 가하는 의미도 내포되어 있다.

세상은 지금도 별반 다르지 않다. 죄 지은 자를 향해 돌을 던질 자격을 가진 사람, 즉 죄 없는 자는 거의 전무하다. 그러니까 예수가 있을 때나 없을 때나 세상은 죄인들투성이다. 세상에 존재하는 대부분의 인간들이 예비죄인 아니면 현역죄인이거나 아니면 예비역죄인이다. 그도 저도 아니라면 공범에라도 해당한다. 단지 현역죄인은 감옥 안에 존재하고 예비죄인이나 예비역죄인은 감옥 밖에 존재하는 차이가 있을 뿐이다. 물론 선량한 정상인들이 들으면 이순신 장군이 거북이를 타고 태평양을 횡단하는 소리다. 하지만 감옥에서는 언제나 죄수들의 주장이 진리에 가깝다.

물론 감옥에는 저놈은 인간이 아니다라고 단정하고 싶은 놈도 적지 않다. 보험금을 타먹기 위해 친부모를 해머로 때려 죽이고 증거를 인멸하기 위해 자기 집에 불을 지른 놈도 있다. 자기가 담임을 맡은 학급의 10살짜리 초등학생들을 7명이나 성추행한 놈이 있는가 하면 동생의 애인을 강간하다 동생에게 들키자 현장에서 두 사람을 모두 식칼로 찔러 죽인 놈도 있다. 뺑소니 운전수도 있고 성매매 알선 업자도 있다. 상습 사기꾼도 있고 상습 도박꾼도 있다.

감방은 옆방과 단절되어 있지만 신기하게도 소문은 빨리 퍼진다. 소문은 운동시간에 입과 입을 통해 퍼져 나간다.

죄수들 중에는 자기가 나쁜 일을 저질렀기 때문에 감옥에 왔다고 생각하는 사람보다 '재수가 없어서' 또는 '욱하는 성질을 못 참아서' 감옥에 왔다고 생각하는 사람들이 의외로 많다. 감옥에 와서 죄인들의 주장을 들어보면 납득이 되기도 한다. 세상은 생존을 위한 전쟁터고 자기가 저지른 행동은 살아남기 위해 어쩔 수 없이 선택한 방편에 불과했다는 변명도 죄수들 사이에서는 일반적인 방어기제로 자리를 잡았다.

'과연 인간으로서 이래도 괜찮은가.'

죄수들은 감옥에 오기 전 자신에게 이 질문을 몇 번이나 던져보았을까. 잘못을 저지르기 전에 자신에게 이 질문을 자주 던져보았다면 감옥으로부터 좀 더 멀리 달아날 수 있지 않았을까. 하지만 무슨 공자님 생라면 분질러 먹는 소리냐. 이제 인간들은 도덕을 쓰레기 하차장에 유기해 버리고 양심을 시궁창 속에 내던져버렸다. 박씨를 물어다 주는 제비들은 모조리 멸종했다. 흥부 같은 사람들이 잘 사는 시대(언제 있기는 했었는지 모르지만)는 가고 놀부 같은 사람들이 잘 사는 시대가 도래했다.

누구든지 죄 없는 자가 이 여자를 돌로 쳐라. 오늘날 예수가 부활해서 똑같은 상황을 만들고 이 말을 되풀이했다면, 안면에 철판 깔고 그 여자를 돌로 까거나 예수를 돌로 까는 놈도 충분히 나타날 만한 세상이다.


꿈꾸는 자에게 무슨 죄가 있는가

녀석이 며칠째 식음을 전폐하고 감방 구석에 웅크린 채 꼼짝달싹도 하지 않는다. 번데기 상태에 돌입해 있는 것이다.

녀석의 웅크린 몸통 위에 초여름 햇볕 한 장이 평행사변형으로 홑이불처럼 덮여 있다. 홑이불처럼 덮여 있는 햇볕에는 줄무늬가 그어져 있다. 창살이 만들어낸 줄무늬다.

녀석은 한자리에서 요지부동이다. 감옥에서도 약간의 자유는 보장된다. 예를 들자면 운동 따위는 자유의사에 맡긴다. 운동을 강제하지는 않는다는 말이다. 운동시간이라고 해서 반드시 운동장에 나가 운동을 할 필요는 없다. 감방에 남아 있고 싶으면 남아 있어도 된다.

아무튼 녀석은 요지부동의 자세로 감방 안에 남아서 우화(羽化)를 준비하고 있다. 이른바 완전변태(完全變態). 운동능력이 거의 없는 곤충이 번데기 상태를 거쳐서 성충이 되는 것을 말한다. 녀석은 이제 나비가 되려는 것이다.

저는 죄가 없습니다. 단지 대마를 몇 모금 흡연하고 나비가 되는 꿈을 꾸었을 뿐인데 구속시켰습니다. 도대체 제가 저질렀다는 범죄의 피해자가 누굽니까. 한번 데리고 와보십시오. 조선시대에도 대마를 흡연하고 나비가 되는 꿈을 꾸었다고 붙잡아가지는 않았습니다.

녀석은 대마관리법이 위헌이라는 견해를 가지고 있었다. 그것은 꿈꿀 자유를 박탈하는 악법 중의 악법이기 때문에 폐지되어야 한다는 주장이었다. 동서고금을 막론하고 꿈이 죄가 되는 법은 없다는 것이다. 꿈에 한 욕설은 욕설이 아니요, 꿈에 한 방화는 방화가 아니며, 꿈에 한 살인은 살인이 아니므로 무죄라는 것이다. 게다가 대마는 단속되는 마약류 중에서 사고사례가 가장 낮은 품목에 해당하며 인체에 미치는 해악도 담배의 5분의 1 정도밖에 안 된다는 것이다. 녀석의 말을 들어보면 대마는 죄가 없었다. 오히려 대마에게 죄를 뒤집어씌운 사람들을 엄벌에 처해야 마땅할 것 같았다.

아무튼 녀석은 대마초를 흡연하지 않은 지금도 감방 구석에 웅크린 채 나비가 되는 꿈을 꾸고 있다. 그런데 인간이 나비가 되어 훨훨 날아다니는 꿈이 아름다울까, 나비가 인간이 되어 터덜터덜 걸어다니는 꿈이 아름다울까.


소지

죄수들 중에서 감옥 복도를 간수들보다 더 자유분방하게 나돌아다닐 수 있는 인물이 있다. 소지라는 인물이다. 하지만 소지라는 단어가 무슨 뜻을 가지고 있는지, 한자에서 유래되었는지 일어에서 유래되었는지, 감방에서도 제대로 아는 사람이 없다. 교도관들도 모르고 죄수들도 모른다. 물론 당사자인 소지도 모른다.

소지는 관행상 형기를 거의 다 마친 모범수 중에서 선발된다. 출감을 약 3주 정도 남겨놓은 상태다. 소지는 감방과 감방 사이를 넘나들기도 하고 건물과 건물 사이를 넘나들기도 한다. 주로 교도관의 심부름을 담당한다.

내가 수감되어 있는 나동의 소지는 나이가 24살이고 별명은 티팬티다. 낙천적인 성격에 잘생긴 외모. 대학 재학 중이고 섬유공학 전공. 특별히 흠을 잡을 데는 없는데 취미가 문제인 것 같다.

고백에 의하면 이 섬유공학도는, 과제를 수행하기 위해 섬유 재료들을 모으다 여성용 팬티에 매료되고 말았다. 그래서 여성용 팬티수집이 취미로 자리를 잡게 되었다. 여성용 팬티를 보면 성적 충동을 느끼느냐고 물었더니 아니라고 대답했다. 여성용 팬티를 보면 너무나 고결하게 생각되어 오히려 성적 충동이 말끔히 사라져버린다는 것이다. 그런 감촉과 그런 디자인과 그런 색깔을 인간이 만들어낼 수 있다는 사실이 놀랍다는 것이다. 그의 주장에 의하면 인간은 여성용 팬티를 만들기 전까지는 만물의 영장이 아니었다. 여성용 팬티를 만들고 나서야 비로소 만물의 영장으로 등극했다.

티팬티라는 별명은 그가 여성용 팬티 중에서도 특히 티팬티를 좋아한다고 해서 동료들이 붙여준 별명이다. 공교롭게도 짝사랑하는 여자의 팬티를 꼭 갖고 싶어서 어느 날 그녀가 세들어 살고 있는 원룸에 숨어들었다. 그러나 동거 중이던 그녀의 남자친구에게 덜미를 잡히고 말았다. 결국 격투를 벌이는 과정에서 얼떨결에 싱크대의 식칼을 집어들게 되었다. 처음에는 위협만 주고 도망칠 생각이었다. 그러나 그녀의 남자친구가 너무나 포악하게 달려드는 바람에 얼떨결에 옆구리를 찌르고 말았다. 결국 신고를 받고 경찰이 출동했고 티팬티는 일사천리로 감옥까지 오게 되었다. 상습절도에 살인미수였다. 그는 고스란히 2년을 복역하고 이제 출감을 바로 눈앞에 두고 있는 처지였다.

선생님. 이거 심청이지만, 그래도 여기서는 구하기 힘든 거니까, 선생님에 대한 존경의 표시로 생각하고 받아주세요.

어느 날 녀석이 매우 은밀한 눈빛으로 205호 창살로 다가와 내게 휴지뭉치 하나를 내밀었다.

심청이라니.

아, 여기서는 물에 빠졌던 꽁초를 건져낸 걸 심청이라고 합니다. 햇빛 잘 들 때 창틀에 건조시킨 다음 말아 피우세요. 고참들한테 배운 겁니다. 빵에 오니까 여러 가지를 배우게 되네요. 담배를 말아 피우는 종이로는 법전이 최곱니다. 그리고 이건 라이터돌이 박혀 있는 칫솔대고요, 이건 마찰을 일으키는 못입니다. 제가 가르쳐드리는 대로만 하시면 감방에서도 불을 만들 수 있어요, 칫솔대하고 못은 제가 있던 감방에서 공용으로 쓰는 거니까 내일 아침에는 돌려주셔야 합니다.

티팬티는 그것들을 내게 조심스럽게 건넸다. 그리고 감방 이불에서 솜을 꺼내 얇게 펴서 화장실 벽에 붙이고는 칫솔대에 박혀 있는 라이터돌을 못으로 마찰해서 불을 만드는 방법을 가르쳐주었다.

그러나 불을 만들기는 쉽지 않았다. 티팬티의 말에 의하면, 4범은 3번, 5범은 2번, 6범은 1번, 칫솔대에 못을 그어야만 불을 붙일 수 있다고 했다. 그러나 초범인 나는 무려 17번을 그어대고 나서야 간신히 담배 세 모금을 빨고 화장실을 나설 수가 있었다. 화장실을 나서는데 아찔한 현기증이 일면서 무릎이 맥없이 앞으로 폭 고꾸라졌다. 너무 오랜만에 피운 담배 때문이었다.

그런데 왜 티팬티는 내게 그런 친절을 베풀었을까.

다음날 아침 칫솔대와 못을 돌려받기 위해 온 티팬티가 창살로 다가와 은밀하면서도 간곡한 목소리로 내게 말했다.

선생님. 팬티예찬이라는 시 한 편만 발표해 주십시오. 남들이 사랑하는 사물들은 거의가 시로 승화되고 있는데 제가 사랑하는 여성용 팬티만은 아직도 세인들에게 저급한 이미지로 머물러 있습니다. 선생님. 나가시면 제발 팬티예찬이라는 시 한 편만 발표해 주십시오. 간절히 부탁드리겠습니다.

빈혈

운동시간이었다.

초여름의 강렬한 햇빛 속에서 모든 사물들이 빈혈을 앓고 있었다. 건물들도 빈혈을 앓고 있었고 담벼락도 빈혈을 앓고 있었고 죄수들도 빈혈을 앓고 있었고 교도관들도 빈혈을 앓고 있었다. 하늘에 두둥실 떠 있는 구름들도 빈혈을 앓고 있었고 땅바닥에 하얗게 깔려 있는 모래알들도 빈혈을 앓고 있었다.

운동시간이기는 하지만 정말 운동을 하는 죄수는 한 명도 없었다. 죄수들은 혼자서 하염없이 운동장을 서성거리고 있거나 삼삼오오 모여서 잡담을 나누면서 시간을 보내고 있었다.

조폭은 여전히 팔짱을 끼고 비스듬히 담벼락에 기댄 채 대학생에게 떡담을 강요하고 있었다. 이미 재탕, 삼탕을 몇 번이나 되풀이했기 때문에 감방생활에 익숙해진 죄수들은 아무도 관심을 기울이지 않았다. 다만 새로 들어온 죄수 몇 명이 약간 떨어진 거리를 확보하고 키득키득 웃음을 흘리면서 떡담을 엿듣고 있었다.

조폭은 호랑이 문신을 과시하려는 듯 팔을 걷어붙이고 있었다.

이 쉐키야, 제일 떡을 많이 친 장소가 어디냐고 엉아가 묻고 있잖냐.

모텔이요.

쉬바야, 니들은 떡을 치기 전에 애무 같은 건 안 허냐.

합니다.

어뜨케 허냐.

조폭의 얼굴 가득 야비함이 콜드크림처럼 번들거리고 있었다. 대학생은 떨리는 목소리로 떡담을 계속했다. 모텔에서 여고생 엄마가 대학생을 불러낸다. 그리고 샤워도 하지 않고 서둘러 대학생의 바지 지퍼를 내린 다음 성기를 꺼내 빨아대기 시작한다.

남녀가 아무도 안 보는 장소에서 직접 그 짓을 할 때는 황홀하기 짝이 없겠지만 벌건 대낮에 강요에 의해서 그 사실을 이실직고하려면 얼마나 수치스러울까. 하지만 그따위 사정까지를 고려한다면 성자지 조폭은 아니다.

아그야, 너는 가만히 있었냐.

아닙니다.

그럼 뭘 했냐.

유방을 빨아주었습니다.

무슨 재미일까. 조폭은 집요하고도 야비한 목소리로 대학생을 추궁한다.

독사가 바로 앞에서 개구리를 노려보고 있으면 개구리가

공포심과 초조감 때문에 결국 자진해서 독사를 향해 뛰어든다는 설이 있다. 흡사한 상황이었다. 대학생이 차라리 목숨을 포기하고 조폭에게로 몸을 던져버릴지도 모른다는 생각이 들었다.

여자가 하는 대사를 곁들여야 실감이 나블제. 실감나게 대사 한번 쳐봐라.

넣어주세요.

안 들린다, 뭐시라 했냐.

넣어주세요.

대학생이 기어들어가는 목소리로 여자의 대사를 재연하고 있었다. 이마에 송글송글 식은땀이 맺혀 있었다. 대학생은 이따금 사방을 두리번거리면서 구원의 손길을 던져보기도 했지만 아무도 도와줄 생각을 하지 않는 표정들이었다.

아그야. 이번에는 딸년을 덮치던 장면을 소상허게 일러봐라. 엉아가 현장을 목격하는 기분이 들도록 아주 소상허게 이르지 않으믄 디질 줄 알어라.

대학생의 턱이 조금씩 떨리고 있었다. 그리고 턱이 조금씩 떨리는 상황 속에서도 떡담은 계속되고 있었다. 여고생이 불륜을 목격하는 장면. 당황한 대학생이 입막음을 할 목적으로 여고생을 덮치는 장면이 재연되고 있었다.

바로 이 부분, 바로 이 부분에서 조폭은,

아그야, 아무리 조개라믄 사족을 못 써부는 나이라 허더라도 처묵을 거 안 처묵을 거는 가릴 줄 알어야 대학생이제. 안 그냐,

라는 대사를 뱉으면서 대학생의 급소를 걷어차는 것이 정석이다. 그리고 대학생이 새우처럼 몸을 웅크리고 사타구니를 움켜쥔 채 땅바닥을 나뒹구는 장면이 연출되어야 한다. 지금까지는 그랬다.

그런데 오늘은 상황이 확 급변해 버렸다.

뒈져라, 이 조폭새끼.

갑자기 대학생이 소리를 지르면서 전광석화처럼 팔을 휘두르는 장면이 보였다. 일순, 조폭이 억, 소리를 지르면서 두 손으로 목을 움켜잡은 채 비틀거리고 있었다. 조폭의 목에 칫솔대 한 개가 견고한 느낌으로 꽂혀 있었다. 아마도 칫솔대 끝을 뾰족하게 갈아서 흉기로 사용한 것 같았다.

조폭은 신음을 뱉어내면서 칫솔대를 뽑으려고 안간힘을 다하고 있었다. 그러나 여의치 않은 것 같았다. 조폭의 팔에 문신으로 새겨져 있던 호랑이는 순식간에 피투성이로 변해 있었다. 칫솔대 하나 때문에 호랑이의 위용이 형편없이 구겨져 있었다. 차라리 초라해 보일 정도였다.

조폭이 비틀거리면서 걸음을 옮길 때마다 새빨간 핏방울들이 땅바닥에 꽃잎처럼 흩어지고 있었다. 빈혈을 앓고 있던 사물들이 일제히 정신을 차리고 술렁거리기 시작했다. 죄수들이 웅성웅성 현장으로 몰려들고 있었다.

햇빛 속에서 갑자기 날카로운 호루라기 소리가 치솟아 오르고 있었다. 교도관 두 명이 곤봉을 꺼내들고 미친 듯이 호루라기를 불며 현장으로 달려가는 모습이 보였다.


호접몽환도(蝴蝶夢幻圖)

없다.

잠에서 깨어나니 날마다 감방 구석에 웅크리고 우화를 꿈꾸던 녀석이 보이지 않았다. 감방 안이 텅 비어 있었다. 공허했다. 어디로 갔을까. 혹시나 싶어 창밖을 내다보았다. 창밖에는 짙은 안개. 시정거리가 거의 제로상태에 가까울 정도로 짙은 농무였다. 아침 안개가 중의 대가리를 깬다는 속담이 있다. 아침에 안개가 짙으면 그날 햇살이 쨍쨍해서 중의 머리가 깨진다는 뜻이다. 속담대로라면 오늘부터 본격적으로 더위가 시작될 전망이다.

이불을 개고 이를 닦고 세수를 했다. 감방에 있는 사물들을 정리정돈하고 점호를 끝내고 식사를 했다. 안개가 걷히는 모양인지 창틀 끝에 햇빛이 걸리기 시작했다. 나는 창문으로 걸어가 창살을 통해 바깥을 내다보았다.

아,

호랑나비 한 마리가 담벼락 위에 앉아서 천천히 날개를 접었다 펴기를 반복하고 있었다. 그러다가 마치 내 시선에 포착된 사실을 감지한 듯 가볍게 허공으로 솟구쳐 올랐다. 그리고 유려한 곡선을 그리며 을씨년스러운 풍경 속을 선회하기 시작했다. 기이하게도 호랑나비가 한 번씩 스치고 지나갈 때마다 을씨년스러운 풍경들은 마치 비 개인 날 말끔히 씻긴 풍경처럼 투명하게 변모되고 있었다.

한동안 맑아진 풍경 속을 날아다니던 호랑나비가 갑자기 담벼락 너머로 자취를 감추어버렸다. 오래도록 정적이 머물러 있었다. 모든 사물이 햇빛 속에서 투명하게 제 모습을 드러내고 있었다.

오늘 재판이 있을 예정이었다. 시간이 그리 많지 않았다. 인솔을 담당한 교도관이 언제 문을 두드릴지 알 수 없는 상황이었다.

나는 바깥으로 향했던 시선을 그만 거둘 생각이었다. 그때였다. 아까의 그 호랑나비가 다시 모습을 드러냈다. 이번에는 한 마리가 아니었다. 각양각색의 나비들을 동반하고 있었다. 도저히 숫자를 헤아릴 수가 없었다. 나비들은 끊임없이 교도소 담벼락을 넘나들고 있었다. 눈보라를 방불케 하는 장면이었다. 교도소 일대는 순식간에 나비 떼에게 점령당해 버리고 말았다. 나는 한동안 황홀한 오르가슴 상태에 빠져 있었다.


선물

존경하는 재판장님. 이유여하를 막론하고 피고의 대마초 흡연은 엄연한 범법행위입니다. 그러나 피고는 잘못을 뼈저리게 반성하고 있습니다. 피고는 한평생을 오로지 시를 위해 바쳐 온 시인입니다. 목 잘린 나무들 하늘을 걷다, 눈물은 투명하다, 벽 속에 갇힌 바람, 둥근 것은 모두 굴러 간다 등의 시집을 상재한 바 있으며 주옥같은 작품들을 통해 사회를 정화시키는 일에 크게 기여해 온 바 있습니다. 물론 저지른 죄의 대가는 당연히 치러야 하겠지만 피고가 깊이 뉘우치고 있는바 부디 정상을 참작하시어 본인의 집필실로 돌아가 작품에만 전념할 수 있도록 선처해 주시기를 간절히 앙망합니다.

지극히 사무적이고 상투적인 변호사의 변론이 끝났다. 결국 변호사도 '돈 먹는 하마'에 불과하다는 사실이 증명되는 순간이었다. 판사는 내게 징역 10월에 집행유예 2년의 판결을 내렸다. 이미 변호사 접견을 통해 알고 있던 내용이었다.

감방으로 돌아오니 공교롭게도 왜사가 당직근무를 하고 있었다. 그도 내 재판결과를 알고 있었다. 그는 내가 빠르면 오늘 밤 안으로 출감하게 될 거라고 예견했다.

잘 있거라, 감방이여. 감방에 무더기로 누적되어 있는 공허들이여. 복도에서 쩌렁쩌렁 울리는 소리들이여. 불안과 초조를 증폭시키는 침묵들이여. 손바닥만 한 운동장이여. 콘크리트 담벼락이여. 망루여. 잘 있거라, 죄수들이여. 창살이여. 맛대가리 없는 식단이여. 그리고 염병할 놈의 법무부여. 꿈꾸는 것은 절대로 죄가 아니다.

왜사의 예견대로 205호의 자물쇠는 10시 30분에 소리 없이 열렸다. 죄수들이 출감자를 보게 되면 마음의 동요를 일으키거나 위화감을 느껴 뜻하지 않은 사고를 저지를 수도 있으므로 가급적이면 쥐도 새도 모르게 나가라는 조처였다. 감방 자물쇠를 이토록 조용하게 풀어버릴 수도 있구나. 나는 소름 끼치는 금속질의 소음을 생각하면서 어처구니가 없다는 생각을 하고 있었다. 복도 끝에 다다랐을 무렵 나를 인솔하던 왜사가 잠시 걸음을 멈추었다.

여기서 잠깐만 기다리시지요. 소지 녀석이 선생님께 드릴 작은 선물 하나를 준비했답니다.

돌아보니 소지가 서류봉투 하나를 들고 잰걸음으로 달려오고 있었다.

변변치 못한 물건이지만 제 존경심으로 알고 받아주세요. 감옥에서는 정말 구하기 힘든 거예요. 지금 꺼내 보셔도 괜찮은데.

소지가 쑥스러운 듯이 말했다.

그럼 한번 꺼내 볼까.

나는 서류봉투를 열고 선물을 꺼냈다. 새빨간 여성용 티팬티였다. 손끝에 닿는 감촉이 너무나 부드러워서 나는 하마터면 티팬티를 봉투에 도로 집어넣을 뻔했다. 디자인도 날렵하기 이를 데 없었다. 인간이 티팬티를 만들기 전에는 만물의 영장이 아니었다는 소지의 주장을 나는 그제서야 납득할 수 있을 것 같았다.

어찌 나비의 꿈만 아름다우랴. 순수하고 진실하기만 하다면 팬티의 꿈도 얼마든지 아름다울 수 있다는 생각을 하면서 나는 소지의 어깨를 토닥토닥 다독여주었다.

쪽팔리는 선물이라고 생각하지는 않으시겠지요.

소지가 말했다.

쪽팔리기는.

나는 티펜티의 너무나 부드러운 감촉이 주는 놀라움을 쉽
게 떨쳐낼 수가 없었다. 무슨 말인가를 해주고 싶었다. 하지만
마땅한 말이 떠오르지 않았다. 떠나야 할 시간이었다. 복도 바
깥에서 다른 인솔자가 나를 기다리고 있었다. 그들과 작별의
악수를 나누었다.

　복도를 나서자 한 무리의 바람이 왈칵 나를 끌어안았다. 바
람 속에 비 냄새가 섞여 있었다. 교도소 담벼락 너머에서 포플
러들이 출감하는 나를 향해 분주하게 이파리들을 흔들어대고
있었다.

새순

퇴근 무렵이었다.

서울의 모든 정류장들이 아수라장으로 돌변하는 시간이었다. 어느 정류장이건 사람들이 장사진을 이루고 있었다. 모두들 탈진해 있었다. 회사는 길이요 진리요 생명이리니. 오늘도 파김치가 되어 아무런 불평 없이 집으로 돌아가리라. 오늘도 마누라는 침대가 꺼지도록 한숨을 쉬리라. 오늘도 치욕적인 발기부전증은 치유되지 않으리라. 오늘도 몰수된 젊은 날의 꿈들은 반환되지 않으리라. 오늘도 실종된 자아는 되돌아오지 않으리라. 오늘도 회사가 그대 입에 풀칠을 해주나니. 회사에 날마다 경배하리라. 그들의 얼굴에 쓰여 있는 퇴근일지들이었다.


종로의 번화가.

지하도 입구에서 얼마 떨어져 있지 않은 택시 정류장에는 사람들이 장사진을 이루고 있었다. 끝이 까마득해 보였다. 끊임없이 지하도에서 사람들이 무더기로 출몰해서 계속적으로 줄의 길이를 연장시키고 있었다. 서울 한복판에서 택시를 잡기가 사막 한복판에서 팥빙수를 구하기보다 힘들었다. 한 달 전부터 택시 합승 단속령이 내려졌기 때문에 생겨난 현상이었다.

"도대체 누가 택시 합승 단속령을 생각해 내었을까요?"

"택시 합승을 못 하도록 만들면 자가용이 잘 팔린다고 생각하는 사람들일 거요."

"그게 어떤 사람들입니까."

"이름과 직책을 밝힐 수는 없어도 높은 분들이라는 사실은 확실하지 않겠소."

"서민들은 죽어도 좋다는 식이로군요."

"서민들이 추앙하는 정의도 이미 오래전에 죽었고 서민들이 숭배하는 양심도 이미 오래전에 죽었소."

"벌써 한 달째 비가 내리지 않는군요."

"비도 이런 도시에는 내리고 싶지 않을 거요."

여름이었다. 바람 한 점 없었다. 하늘이 매연으로 희뿌옇게 흐려 있었다. 기관지염에 걸린 해가 핼쑥해진 얼굴로 빌딩 모서리에 이마를 기댄 채 빈혈을 앓고 있었다.


"살려주세요."

갑자기 지하도 쪽에서 절박한 비명소리가 들리기 시작했다. 아이의 목소리였다. 택시를 기다리고 있던 사람들의 시선이 일제히 지하도 쪽으로 집중되고 있었다.

"살려주세요."

작은 체구의 사내 아이였다.

국민학교 사 학년쯤 되어 보이는 나이였다.

아이는 지하도를 빠져나와 장사진을 이루고 있는 군중들 사이에 몸을 숨기며 몇 번씩이나 살려달라는 말을 되풀이하고 있었다. 간절한 목소리였다. 아이는 가슴에 신문 뭉치를 끌어안고 있었다. 인상이 험악해 보이는 청년 하나가 아이 뒤를 바싹 추격하고 있었다. 청년은 스물네 살쯤 되어 보이는 나이였다. 별로 질이 좋지 않은 부류임을 한눈에 알아볼 수 있는 차림새였다. 아이의 얼굴은 공포와 절망감으로 사색이 된 채 일그러져 있었다. 그러나 아이를 도와주기 위해 나서는 사람은 아무도 없었다. 가급적이면 내게 어떤 실리가 확실히 보장되지 않을 때 도시의 현대인은 타인의 문제에 자신을 개입시키는 번거로움을 결코 달가워하지 않는 특성을 가지고 있었다. 택시를 잡기 위해 그토록 많은 사람들이 장사진을 이루고 있었지만 그들 중에서 도시의 현대인이 아닌 사람은 아무도 없었다. 아이는 누구의 도움도 받지 못한 채 결국 청년의 우악스러운 손아귀에 덜미를 잡히는 신세가 되고 말았다.

"이런 싸가지 없는 뻑새끼."
청년은 해독하기 어려운 용어로 조합된 욕설을 뱉어내며 세찬 발길질로 아이의 복부를 잔혹하게 내지르고 있었다. 청년은 청바지에 러닝셔츠 차림이었다. 양쪽 팔뚝에 문신과 칼자국들이 파충류처럼 흉측한 형상으로 꿈틀거리고 있었다. 아이는 작은 몸을 새우처럼 오그라뜨리며 길바닥에 나뒹굴고 있었다.

"니가 토끼면 어디까지 토낄 거야."
청년의 발길질은 계속되고 있었다. 아이의 얼굴은 공포와 고통으로 심하게 일그러져 있었다. 그대로 내버려두면 정말로 아이를 죽여버리고 말 것 같았다. 아이의 얼굴은 이제 피범벅으로 변해 있었다. 처절한 비명소리가 오래도록 거리를 뒤흔들고 있었다.

"살려주세요. 살려주세요. 살려주세요."

한참 동안 매질을 당하던 아이는 이제 탈진해 버렸는지 다 죽어가는 목소리로 살려달라는 말만 주문처럼 되풀이하고 있었다. 그런 상황에서도 신문 뭉치만은 두 팔로 다부지게 끌어안고 있었다. 아마도 아이의 밥줄인 모양이었다. 군중들은 의식적으로 아이의 눈빛을 외면하고 있었다. 대다수가 비굴함은 곧 현명함이라는 등식을 진리처럼 신봉하고 있음이 분명해 보였다. 아무런 감정도 표출하지 않겠다는 결의가 얼굴에 역력히 드러나 있었다. 아이를 때려 죽이든 밟아 죽이든 절대로 관여하지 않겠다는 표정들이었다. 그러나 애써 공포심을 억누르고 있다는 사실까지 감추지는 못하고 있었다. 택시를 기다리는 군중들뿐만 아니라 지나다니는 행인들도 매정하기는 마찬가지였다. 멀리서부터 딴전을 피우면서 현장을 못 본 척 피해 가는 기색이 역력했다.

그때였다.

어디선가 두루마기 차림의 노인 하나가 나타나서는 의연한 자태로 그쪽을 향해 걸어가고 있는 모습이 보였다. 노인은 손에 기다란 지팡이를 들고 있었다. 칠순은 족히 넘어 보이는 얼굴이었다. 별로 힘을 쓸 만한 모습도 아니었다. 그러나 노인은 차마 현장을 그냥 지나칠 수가 없다는 표정이었다.

"여보게 젊은이."

노인이 청년에게 말을 걸고 있었다.

"무슨 연유인지는 모르겠으나 아직 철모르는 어린애 아닌가. 사람들 이목도 있고 하니 이쯤에서 젊은이가 그만 참으시게나."

부드러운 목소리였으나 근엄성도 내포되어 있었다. 그러나 현대의 젊은이들은 누구의 말이든 근엄성이 내포되어 있으면 거부감을 느끼는 속성을 가지고 있었다. 청년은 노인의 말을 들은 척도 하지 않았다. 노인은 벌써 오래전에 도덕과 양심이 이 세상에서 폐기처분되었다는 사실을 전혀 모르고 있음이 분명해 보였다. 어째서 어른이 하는 말을 들은 척도 하지 않는 세상이 도래했는가. 노인은 잠시 생각에 잠겨 있는 표정이었다. 아직도 청년의 발길질은 쉽게 거두어질 태세가 아니었다.

"겁대가리 없이 내 구역에 들어와서 몰래 신문을 팔아먹다니. 너 도대체 어떤 씹새이 밑에서 시다이 쪼는 뻑새끼야. 대갈통을 박살내기 전에 빨리 불어."

청년이 아이에게 폭행을 가하면서 내뱉는 말들을 종합해 보면 아이는 오래전부터 상습적으로 청년의 구역에 몰래 잠입

해서 신문을 팔았고 몇 달 간이나 이를 벼르고 있던 청년에게 오늘에야 덜미를 잡히게 되었으며 필시 아이를 조종하는 왕초 뻘이 있을 터인즉 대갈통이 박살 나기 전에 빨리 이실직고하라는 매질이었다. 그러나 아이는 만신창이가 되도록 얻어터지면서도 끝끝내 이실직고하지는 않았다. 청년의 발길질은 더욱 광폭해지고 있었다.

"여보게 젊은이."

노인이 더 이상 참지 못하겠다는 듯 청년의 발길질을 지팡이로 저지하고 있었다.

"그러다가는 정말로 어린 목숨 하나 초상 내고 말겠네."

노인의 얼굴에는 조금씩 한기가 서리고 있었다.

"이거 어디서 나타난 노털인데 자꾸 귀찮게 구는 거야. 쓰벌."

청년이 포악스럽게 노인에게 눈을 부라려 보였다.

장사진을 이루고 있는 군중들은 아까보다 한결 더 위축된 표정으로 못 본 척 딴전들을 피우고 있었다. 노인과 아이가 자기들 곁에서 한꺼번에 맞아 죽는 불상사가 생겨도 오로지 택시를 잡는 일에만 전념하겠다는 표정들이었다.

"보아하니 영웅호걸이 되기는 그른 싹수로다."

노인이 참으로 측은해 보인다는 표정으로 청년을 보면서 중

2014

얼거린 말이었다.

"이 노털이 누구 앞에서 공자님 좆밥 같은 썰을 까고 있는 거야. 저리 꺼져. 쓰벌."

청년이 오만불손한 태도로 왈칵 노인의 가슴팍을 떠밀고 있었다.

"사람의 탈을 쓰고는 있으나 사람의 말을 알아듣지 못하는 축생이로다."

마침내 노인의 얼굴에 서슬 푸른 노기가 서리고 있었다.

"저게 보이는가."

노인이 천천히 지팡이를 쳐들어 보이고 있었다.

"자네 같은 축생의 눈에는 필시 저게 보이지 않겠지. 만약 자네가 영웅호걸이 될 만한 재목이라면 저게 보이지 않을 턱이 없지. 대답해 보게. 자네 눈에는 저게 보이는가."

노인의 지팡이는 청년의 머리 위 어딘가를 가리켜보이고 있었다. 군중들의 시선도 은밀하게 노인의 지팡이를 곁눈질로 따라가고 있었다.

"영웅호걸의 눈에는 저게 보이더라도 자네 같은 축생의 눈에는 저게 보이지 않을 게야."

노인의 목소리에는 청년에 대한 경멸과 조소가 내재되어 있는 느낌이었다. 청년은 노골적으로 자존심이 상한다는 표정을 드러내 보이면서 노인의 지팡이가 가리키는 쪽을 쳐다보고 있었다. 어쩌면 자신도 영웅호걸의 반열에 낄 수 있을지 모른다는 일말의 기대감이 청년의 의식을 순간적으로 사로잡았던 것은 아닐까. 그러나 노인의 지팡이가 가리키는 곳에는 아무 것도 없었다. 단지 텅 빈 하늘뿐이었다.

"도대체 뭐가 보인다는 거야. 쓰……."

청년은 말끝마다 쓰벌이라는 단어를 종결부호로 사용하는 습성을 가지고 있었다. 그러나 이번에는 예외였다. 청년이 쓰벌이라는 종결부호를 꺼내는 순간 노인의 지팡이가 전광석화처럼 빠르게 허공을 가르고 있었다.

따악.

종결부호는 종결되지 않았다. 아무도 예기치 못했던 사태였다. 청년이 두 손으로 머리통을 감싸 쥐고 슬로비디오로 맥없이 무너지는 모습이 보였다. 따악 하는 소리 한 번으로 모든 상황이 종결되고 있었다. 잠시 써늘한 정적이 주위를 얼어붙게 만들고 있었다. 군중들이 놀라움에 찬 눈길로 노인을 바라보고 있었다.

"하늘 무서운 줄 모르는 놈 같으니."

노인은 혀를 끌끌 차면서 다시 의연한 걸음걸이로 지하도를 향해 사라져가고 있었다. 그래도 군중들은 아직 불안감을 완전히 떨쳐버리지 못한 표정들이었다. 그때였다.

"죽어라. 개새끼."

팔다리가 부러졌거나 숨이 넘어가버린 줄로 알았던 아이가 갑자기 벌떡 일어나더니 쓰러져 있는 청년의 대갈통을 축구공처럼 세차게 걷어차주고는 군중들 사이를 비집고 잽싸게 도로 건너편으로 도망치고 있었다.

"저 녀석 멀쩡하군요."

"엄살이었나."

"그토록 직사하게 얻어터지고도 끄떡이 없네요."

"폭력에는 이력이 났겠지요."

"아까는 저 녀석 정말 죽는 줄 알았는데."

"만약 노인네까지 봉변을 당했더라면 나도 가만있지 않을 생각이었습니다."

"도대체 경찰들은 왜 이런 인간 쓰레기들을 그대로 방치해 두는지 모르겠어요."

"교통위반 단속 하느라고 바빠서 그럴 겁니다."

그제서야 군중들은 다소 불안감이 해소된 얼굴로 잡담들을 나누는 여유를 배당받게 되었다. 달짝지근한 해방감이 군중들의 얼굴에 설탕물처럼 발라져 있었다. 그러나 군중들의 얼굴에 설탕물처럼 발라져 있던 해방감은 별로 오래 지속되지 않았다. 불과 십여 분도 못 되어 군중들은 일제히 입을 다물어 버리지 않을 수 없게 되었다. 쓰러져 있던 청년이 정신을 차리고 일어섰기 때문이었다. 군중들은 다시 처음과 같은 상태로 되돌아가 있었다. 자신들은 지금까지 오로지 택시를 기다리는 일에만 전념하고 있었으며 곁에서 일어난 사태에 대해서는 눈길조차 주어본 적이 없다는 표정들이었다. 이제 얼굴에 발라져 있던 설탕물은 모골을 적시는 식은땀으로 변하고 있었다.

"이 씹새이야. 아까 그 노털 어디로 갔어. 바른대로 불지 않으면 오늘 줄초상 나는 줄 알아. 쓰벌."

청년의 분노는 극에 달해 있었다. 군중들을 아무나 한 사람씩 선정해서 멱살을 틀어잡고 노인이 사라진 방향을 대라고 포악스러운 기세로 윽박지르고 있었다. 그런데 군중들 사이에 매우 놀라운 현상이 자연스럽게 표출되고 있었다. 멱살을 틀어잡힌 사람들은 누구나 겁에 질린 표정을 감출 수가 없었지만 노인이 사라진 방향을 가리킬 때는 모두들 약속이나 한 듯이 손가락으로 정반대 방향을 가리키고 있었다. 노인이 떠나고 난 다음 군중들의 가슴밭에 양심이라는 이름의 새순 하나가 자기 손가락만 한 크기로 살며시 얼굴을 내밀고 있다는 증거였다.

명장(名匠)

1

노인은 빛깔에 대해서만은 아주 특별한 시감각(視感覺)을 소유하고 있었다.

노인의 말에 의하면 이 세상에 존재하는 만물들은 개체마다 각기 다른 빛깔들을 내포하고 있는데 비록 동일한 시간에 동일한 조건 속에서 동일한 형태로 태어난 물건이라고 하더라도 결코 동일한 빛깔만은 소유할 수가 없다는 것이었다. 일반 사람들이 그것을 식별하지 못하는 이유는 표면에 드러나 있는 빛깔에 현혹되어 이면에 감추어져 있는 빛깔을 볼 수 없기 때문이라는 것이었다. 표면에 드러나 있는 빛깔은 육안(肉眼)에

의해서 감지되지만 이면에 감추어져 있는 빛깔은 결코 육안에 의해서 감지되지 않으며 오로지 심안(心眼)을 통해서만 감지된다는 것이 노인의 주장이었다.

노인은 오늘날 고려청자의 비색이 그대로 재현될 수 없는 이유를 일반 사람들과 다르게 해석하고 있었다. 일반 사람들은 흔히 고려청자의 비색이 흙이나 유약의 비술에 의한 것이라고 믿고 있으며 그 재현이 불가능한 이유가 그 비술을 전수받지 못했기 때문이라고 믿고 있지만 그것은 터무니없는 낭설이라는 것이었다. 고려청자의 비색은 흙이나 유약에 의한 비술로써 이루어졌던 것이 아니라 도공의 마음에 의한 비술로써 이루어졌던 것이라는 해석이었다. 달리 말하면 고려청자의 비색은 곧 기술의 빛깔이 아니라 마음의 빛깔이라는 것이었다. 도공이 어떤 마음의 빛깔을 가지고 가마를 지키고 앉아 있는가에 따라 도자기의 빛깔도 달라진다는 것이었다. 노인의 말대로라면 고려청자의 비색은 곧 마음의 비색이었다.

노인은 이제 칠순을 바라보고 있었다. 노인의 유일한 즐거움은 날품팔이를 해서 푼푼이 모은 돈으로 전국의 가마를 찾아다니며 도자기를 감상하는 일이었다. 백자건 청자건 분청이건 가리지를 않았다. 노인은 도자기를 감상하러 다닐 때는 절대로 차를 타지 않는 습관을 가지고 있었다. 비록 눈동냥이라고는 하더라도 도공이 몇 날 몇 밤을 노심초사해서 만들어낸 예술품을, 쉽게 감상해서는 안 된다는 생각 때문이었다.


2

동곡(東谷) 서창목(徐昌穆)은 오십 대 초반의 도공이었다. 일본의 유수한 도예 전문지에 그의 백자가 몇 번 소개되기 전까지 그는 별로 세인들에게 이름이 알려지지 않은 도공이었다. 그러나 최근에 이르러서는 국내의 내로라하는 미술평론가들이나 애호가들도 그에게 명장이라는 칭호를 붙여 그의 백자를 찬탄하는 일에 조금도 인색하지 않았다. 일 년에 겨우 한 번 가마에 불을 때는데 백여 점의 작품 중에서 오직 한 점만이 선택된다는 소문이었다. 가격이 엄청나서 어지간한 애호가들은 소장할 엄두조차 내지 못하는 모양이었다.

노인이 목욕재계를 끝낸 다음 동곡요(東谷窯)에 당도했을 때는 아직 해가 서너 발 정도는 남아 있었다. 가을이 끝나갈 무렵이었다. 소문난 명인의 가마이기 때문인지 벌써 많은 사람들이 운집해 있었다. 가마 앞에는 약 백여 개의 도자기들이 도열해 있었다. 육십 프로 정도는 이미 가마 속에서 터져버렸노라는 동곡의 설명이 있었다. 방송기자와 신문기자 들이 수첩과 카메라를 들고 취재에 열중해 있었다.

과연 백여 개의 작품들 중에서 어떤 명품이 살아남는가에 모두들 관심을 집중시키고 있는 것 같았다. 봄부터 지금까지 어떤 고초들을 겪으면서 작업이 진행되었는가를 동곡의 제자라는 사내가 장황하게 설명하고 나자 선별작업이 시작되었다. 사람들은 숨을 죽인 채 동곡의 일거수일투족을 주시하고 있었다. 제자라는 사내가 신중한 동작으로 백자 한 개씩을 동곡에게로 날라다 주었다. 동곡은 마당 한복판에서 장도리를 들고 서 있었다.

깡!

도자기를 이리저리 살펴보다가 동곡이 한 번씩 장도리를 휘두를 때마다 날카로운 비명을 지르며 백자들이 박살 나고 있었다. 상당히 오래도록 그 작업은 진행되었다. 살아남은 백자는 마당가에 준비되어 있는 탁자 위로 모셔졌다. 그러나 동곡은 그것들을 모두 취하지는 않았다. 세심하게 점검해 보고는 결국 그것들마저 하나씩 장도리로 박살을 내기 시작했다. 아까워라. 백자가 하나씩 박살이 날 때마다 사람들은 아쉬움에 가득 찬 표정으로 탄성을 발하고 있었다.

"이번에도 겨우 한 점뿐인가."
이윽고 동곡이 장도리질을 멈추었다.
오직 한 개의 백자만이 탁자 위에 덩그러니 살아남아 있었다. 이른바 달항아리였다.
"절색이로다."
"똑바로 보기가 부끄러울 정도로 고아하구만."
사람들이 저마다 한마디씩 탄성을 발하고 있었다.
탁자 위에서 새하얀 달항아리 하나가 오만한 자태로 늦가을 석양빛을 튕겨내고 있었다.

노인은 처음부터 끝까지 그 광경을 지켜보고 있었다. 그러다 마지막 달항아리가 남겨지는 장면에서 슬그머니 발길을 돌렸다. 전혀 감동받은 기색이 아니었다.
"실력 없는 도공은 명품만 골라서 깨뜨린다는 옛말이 있지. 동곡이 명장이라는 소문 듣고 왔다가 옛말이 하나도 그르지 않다는 사실만 깨닫고 가네. 어찌 그리도 신묘하단 말인가. 명

품은 모조리 장도리로 박살 내버리고 자신을 그대로 빼닮은
아집 한 덩어리만 덩그러니 남겨놓는구만."

　하지만 대중들 속에서 노인의 중얼거림을 알아들은 사람은
아무도 없었다. 다만 탁자 위에 놓여 있는 달항아리만 그 소리
를 알아들었는지 눈을 하얗게 흘기면서 노인의 뒷모습을 바라
보고 있었다.

파로호(破虜湖)

이 친구는 물고기를 속이는 걸 낚시라고 생각하는구만.

노인이 말했다.

노인은 좌대 등받이 의자에 앉아 김 기자가 떡밥을 개는 모습을 유심히 바라보고 있었다. 노인은 외눈박이였다. 왼쪽 눈이 움푹 파인 채로 감겨 있었다. 온 세상의 어둠과 온 세상의 불행과 온 세상의 슬픔이 노인의 왼쪽 눈에 집결해 있는 것 같았다.

김 기자는 기분이 별로 좋지 않았다.

물고기를 속이는 걸 낚시라고 생각한다니, 칭찬으로 들릴 턱이 없었다. 그러나 김 기자는 소심한 성격이었다. 전혀 반박할 생각이 없었다. 오히려 자신에게 낚시에 대한 가르침을 주려는 노인의 의도가 담겨 있다는 생각을 하고 있었다.

노인은 왜소한 체격을 가지고 있었다. 여든이 넘어 보이는 나이였다. 색 바랜 국방색 상하의를 걸치고 있었다. 촌스럽고 남루하고 어눌해 보였다. 뜨고 있는 오른쪽 눈동자도 어쩐지 흐리멍덩해 보였다.

하지만 김 기자는 무슨 까닭인지 노인의 오른쪽 성한 눈동자를 똑바로 쳐다볼 수가 없었다. 마주치면 어쩐지 내면을 모조리 간파당해 버릴 듯한 느낌이었다. 한마디로 김 기자는 노인에게 주눅이 들어 있었다.

조력이 얼마나 되시나.

노인이 물었다.

십 년쯤 됩니다.

김 기자의 대답이었다.

파로호에서는 십 년 조력으로 조사 행세 못 하는데.

그럼 몇 년이나 돼야 조사 행세합니까.

이십 년은 넘어야지.

좌대를 관리하는 노인이었다.

날이 흐리기는 했지만 후텁지근한 날씨였다. 노인은 더위를 전혀 못 느끼는지 얼굴에 땀 한 방울 맺혀 있지 않았다. 팔소

매조차 걷어붙이지 않은 상태였다. 그러나 김 기자는 더위 때문에 숨통이 막힐 지경이었다. 얼굴이며 목덜미로 땀방울이 줄줄이 흘러내리고 있었다.

어르신은 무얼 보고 제가 물고기를 속여서 낚시를 할 거라고 판단하셨습니까.

떡밥 개는 걸 보면 알 수 있지.

제가 개는 떡밥이 어때서요.

김 기자는 신장떡밥과 새우가루와 보릿가루를 적당히 배합하고 있었다. 다른 낚시터에서도 늘 사용하던 방법이었다.

자네의 떡밥은 물고기에 대한 욕심과 가식은 잔뜩 들어가 있는데 물고기에 대한 진실과 애정은 전혀 들어가 있지 않거든.

수많은 낚시터를 순례하면서 수많은 낚시꾼들의 이론을 경청해 보았지만 물고기에 대한 진실과 애정이 떡밥에 들어 있어야 한다는 소리는 금시초문이었다.

떡밥에 진실과 애정이 안 들어 있으면 어떤 현상이 생깁니까.

적어도 파로호에서는 입질 보기 힘들지.

물고기가 떡밥에 진실과 애정이 들어가 있는지, 안 들어가 있는지 알 수가 있을까요.

이 친구, 파로호에 대해서 전혀 모르고 있구만. 하긴, 처음이라니까 그럴 수도 있겠지.

노인은 무슨 말인가를 더 하려다 이내 입을 다물어 버렸다. 김 기자는 조제한 떡밥을 낚싯바늘에 매달았다.

떡밥을 투척하고 등받이 의자에 앉아 찌를 바라보는 순간 세속의 찌든 때가 한꺼번에 씻겨내리는 듯한 기분이었다. 이제 입질만 들어오면 된다. 김 기자는 오래도록 찌만 바라보고 있었다. 그러나 떡밥을 열 번 정도 투척할 때까지 입질은 들어오지 않았다. 날개가 투명한 실잠자리 두 마리가 찌 끝에 앉아 교미에 열중해 있었다.


무간(無竿) 낚시터.

정 화백이 소개해 준 낚시터였다. 김 기자가 도착했을 때는 비어 있는 좌대가 없었다.

정 화백은 같은 신문사에서 시사만평을 담당하고 있었다. 자타가 공인하는 낚시광이었다.

무간낚시터는 없을 무(無) 자에 장대 간(竿) 자를 간판으로 내걸고 있었다. 낚싯대가 없는 낚시터라니, 맨손으로 물고기를 잡는다는 뜻일까.

그러나 낚싯대가 없는 낚시꾼이 바로 도인의 경지에 든 낚시꾼이라는 것이 정 화백의 주장이었다. 무간낚시터에 가면 좌대를 관리하는 외눈박이 노인이 있는데 그가 바로 도인의 경지에 든 낚시꾼이라는 설명도 덧붙였다. 도인의 경지라니. 김 기자는 정 화백에게 그 말을 듣는 순간부터 만나본 적도 없는 노인에게 이미 주눅이 들어버렸는지도 모른다.

경험에 의하면 평일에는 낚시터마다 좌대가 거의 비어 있기 마련이었다. 그래서 무간낚시터도 김 기자가 앉을 좌대 정도는 있을 줄 알았다. 그러나 아니었다.

무간낚시터에서 허탕치고 돌아가는 낚시꾼은 밤새도록 낚시 안 하고 고도리를 쳤다는 뜻이야.

정 화백님은 혹시 그 낚시터 홍보대사로 임명되신 거 아닙니까.

구라가 아니라니까.

김 기자가 현장에 도착해 보니 정 화백의 말은 허풍이 아니었다. 빈 좌대가 없다는 뜻은 조황이 좋다는 뜻이다.

예약을 하지 않은 것이 잘못이었다. 무간낚시터 주인 최씨는, 정 화백님의 소개로 오셨으니 잘해드리기는 해야겠지만 내일 아침에나 좌대가 날 거라고 말했다. 하지만 그다지 미안해하거나 애석해하는 기색은 아니었다.

낚시를 포기하고 서울로 돌아가야 하나 말아야 하나, 김 기자는 결정을 못 내린 채 난감한 표정으로 관리실에 머물러 있었다. 그때였다.

내가 숙소 삼아 쓰고 있는 좌대 하나가 비어 있는데 오래전
부터 어디가 잘못되었는지 전기가 안 들어와. 불편하기는 하지
만 거기라도 괜찮다면 안내해 드릴까.

좌대를 관리한다는 외눈박이 노인이 말했다.

밤낚시에는 케미라이트와 랜턴이면 충분했다. 낚시터에서
독서를 하거나 기사를 작성할 것도 아니고, 굳이 전기가 필요
할 까닭이 없었다. 김 기자는 노인의 제의에 감지덕지할 수밖
에 없었다.

조황은 어떤가요.

조황이 나쁘면 좌대가 다 찼겠나.

물론 낚시터 운영하는 사람들이 말하는 조황을 액면 그대
로 받아들일 수는 없었다. 손님을 끌기 위해 어느 정도는 과
장을 하는 것이 통례였다. 그래도 파로호까지 와서 낚싯대 한
번 펴보지 못하고 그냥 돌아갈 수는 없었다. 다른 낚시터를 물
색해 보기에는 시간과 정보가 턱없이 부족했다. 김 기자는 노
인과 함께 최 씨가 운전하는 보트를 타고 노인이 숙소로 쓰고
있다는 좌대로 와서 채비를 풀었다.

낚싯대를 펴기 전 준비해 온 라면을 끓였다. 물론 노인을 생
각해서 두 개를 끓였는데 노인은 속이 불편하다는 이유로 극
구 사양했다. 그래서 김 기자 혼자서 두 개를 다 먹는 수밖에

없었다.

파로호에는 여기저기 좌대가 설치된 수상가옥들이 떠 있었고 낚시꾼들이 의자에 앉아 골똘히 찌를 노려보고 있었다. 하지만 적요했다. 김 기자는 입질이 활발한 시간이 아닌 모양이라고 생각했다. 댐낚시가 대개 그랬다. 해가 져야 제대로 입질을 볼 수 있었다.


파로호가 처음이라니, 그동안 주로 어디서 낚시를 했어.

노인은 좌대에 설치되어 있는 등받이 의자 하나를 차지하고 앉아, 김 기자가 떡밥을 조제하는 모습을 물끄러미 바라보고 있었다.

파로호만 제외하고 거의 이름난 낚시터는 다 다녀봤어요.

김 기자의 대답이었다.

파로호는 왜 제외했나.

군대생활을 화천에서 했기 때문에 화천은 생각하고 싶지도 않았거든요.

낚시꾼이 파로호를 제외하고 낚시터를 돌아다녔다는 건 매운탕 장사꾼이 물고기를 안 넣고 매운탕을 끓였다는 소리하고 똑같아.

김 기자는 화천 15사단에서 말단 포병으로 군대생활을 한 경력을 가지고 있었다. 즐거운 기억이라고는 단 한 가지도 없었기 때문에 김 기자 역시 다른 예비역들처럼 화천 쪽으로는 오줌도 한 번 누어본 적이 없었다.

아아. 겨울에는 어쩌자고 그토록 눈이 많이 쏟아졌는지, 왜 지명이 설천(雪川)이 아니고 화천(華川)인지 의심스러울 정도였다. 지겹고도, 지겹고도, 지겹게 쏟아져 내렸다. 밤낮을 가리지 않았다. 깨어 있을 때도 쏟아졌고 잠들어 있을 때도 쏟아졌다. 민족의 숙원이 제설작업이 아닐까 의심했을 정도였다. 당시 영내를 떠돌아다니던 난센스 퀴즈가 있었다. '내무반에서 쉬고 있을 때 창밖을 내다보던 선임이 눈 온다라고 말했습니다'를 두 음절로 줄이면, 이라는 퀴즈였다. 정답은 '씨팔'이었다.

김 기자가 낚싯대를 펴고 떡밥을 개고 의자에서 찌를 바라볼 때까지 노인은 등받이 의자에 그대로 머물러 있었다. 자리를 뜰 생각이 전혀 없는 것 같았다.

어르신은 언제까지 여기 계실 건가요.

김 기자는 노인이 약간 부담스럽게 여겨졌다. 그래서 관리실로 돌아가야 하지 않겠느냐는 의도로 그렇게 물어보았다. 그러나 노인은,

최씨가 퇴근했어.

라고 말했다.

보트로 두 사람을 좌대까지 실어다 준 최씨가 퇴근해 버렸기 때문에 내일 아침까지 좌대에 머물러 있는 수밖에 없다는 설명이었다. 제기럴. 일순 김 기자는 〈적과의 동침〉이라는 영화 제목부터 떠올렸다. 딱 그런 기분이었다.

음산한 날씨였다.

암회색 하늘이 파로호 수면에 맞닿을 기세로 낮게낮게 내려앉아 있었다. 비라도 줄기차게 쏟아질 기세였다. 그러나 바람은 불지 않았다. 수면은 거울처럼 잔잔했다. 거울처럼 잔잔한 수면에 김 기자가 던져놓은 3.5칸대, 3.0칸대, 2.5칸대의 찌들이 대못처럼 미동도 없이 박혀 있었다. 날이 어두워지고 있었다.

철푸덕!

십여 미터 떨어진 거리에서 잉어 한 마리가 힘차게 솟구쳐 올랐다 떨어지는 소리, 두 자는 족히 넘어 보이는 치수였다. 잉어가 떨어진 자리에서 물결이 사방으로 펴져나가고 있었다. 그 물결 때문에 찌가 조금씩 흔들렸다. 수면에 거꾸로 잠겨 있던 산그림자도 조금씩 흔들렸다. 그러다 이내 수면은 잠잠해졌다.


젊은이는 어떤 밥을 먹고 사시나.

노인이 물었다.

처음 질문을 던졌을 때 김 기자는 무슨 뜻인지 헤아리지 못했다. 그래서 무슨 뜻이냐고 되물었다. 그러자 노인이 사무실 밥을 먹고 사는지, 노가다 밥을 먹고 사는지, 장사꾼 밥을 먹고 사는지를 묻는 거라고 대답했다. 그제서야 김 기자는 노인이 직업을 묻고 있다는 사실을 알아차렸다. 김 기자는 글밥을 먹고 산다고 대답했다.

글밥.

김 기자의 입에서 그 두 음절의 낱말이 튀어나오자 노인의 태도는 돌변했다.

이런, 작가님이셨구만요.

존댓말을 썼을 뿐만 아니라 머리까지 주억거릴 정도였다. 그러나 김 기자는 소심한 성격을 가지고 있었다. 지체하지 않고,

신문기잡니다.

라고 실토해 버리고 말았다. 그러자 노인의 어투는 즉시 반말조로 교체되었다.

아, 기자구만.

작가에게는 존경심을 가질 수 있지만 기자에게는 전혀 존경심을 가질 수 없다는 심경을 노골적으로 드러내는 분위기였다.

어르신은 작가라는 직업을 숭배하시나 봐요.

꿈 많던 시절에는 두보를 꿈꾸기도 했었지.

기자는 어떻게 생각하세요.

솔직하게 말할까.

그러세요.

요즘 제구실 못하는 기자들이 많아서 좋게 보지는 않는 편이야.

거리낌 없는 말투였다. 김 기자는 반박하고 싶었으나 오히려 역효과를 초래할 것 같아 반박을 포기해 버렸다. 전혀 근거 없는 소리도 아니었다.

어르신은 어떤 밥을 먹고 사세요.

나야 보시다시피 좌댓밥을 먹고 살지.

보람이 있으신가요.

조롱받을 짓은 아니라고 생각하네.

자격지심일까, 기자는 조롱받고 있지만, 이라는 말이 생략되어 있는 것 같았다. 아니나 다를까,

요즘 어떤 신문은 사람들한테 '이따위 찌라시가 신문이면 우리 집 화장실에 걸려 있는 화장지는 팔만대장경이다'라는 소리까지 듣고 있더구만.

무슨 억하심정일까, 노인은 연달아 김 기자에게 돌직구를

날리고 있었다.

물론 신문이 권력이나 정치로부터 자유로울 수는 없었다. 김 기자는 그래도 언론의 사명이나 본질까지 상실해서는 안 된다는 생각을 가지고 있었다. 하지만 요즘 일부 신문들은 사명이나 본질 따위를 시궁창에 내던져 버린 지 오래였다. 상식 이하의 기사들도 적지 않았다.

김 기자는 이 촌티 만발한 노인네가 보기와는 달리 낚시뿐만이 아니라 세상만사를 훤히 꿰뚫고 있다는 사실에 놀라움을 금치 못하고 있었다. '이따위 찌라시가 신문이면 우리 집 화장실에 걸려 있는 화장지는 팔만대장경이다'라는 말은 네티즌들이 어용성이 강한 신문을 공격할 때 즐겨 쓰는 문장이었다.

팔만대장경을 휴지로 쓸 정도면 법력이 대단한 분들이겠지요.

하지만 그런 말을 하는 족속들도 시정잡배에 불과하지 않겠느냐는 뜻으로 김 기자가 던진 말이었다. 이른바 반어법이었다. 그러나 노인은 신문에 대한 반감을 철회할 생각이 없는 것 같았다.

신문기자 법력이 더 대단하지.

무슨 뜻인가요.

요즘 기자들은 기사를 안 쓰고 소설을 쓰거든. 그리고 그놈의 소설을 읽게 되면 멀쩡한 사람들도 눈이 멀거나 귀가 먹거나 벙어리가 되어버린단 말일세. 법력치고는 정말 대단한 법력 아닌가.

노인은 전 국민에게 신문사절이나 신문불신을 가훈으로 써 주고 싶어 하는 것 같았다.

그러나 이제 노인이 알고 있던 아날로그 시대는 문을 닫았다. 지금은 발품을 팔아서 기사를 물어오는 시대가 아니다. 로그인만 하면 각양각색의 정보들이 인터넷 바다에 무더기로 떠돌아다니는 시대다. 자택에서, 카페에서, 영화관에서, 자동차에서, 얼마든지 컴퓨터, 아이패드, 핸드폰 따위를 이용해서 기사를 채집, 송고할 수 있는 시대다. 물론 잘못하면 부실정보나 허위정보를 구별치 못하고 오보를 내보내는 위험도 없지는 않다. 하지만, 어떤 분야에도 완전무결은 존재하지 않는다.

하필이면 이따위 낚시터를 소개해 주다니.

입질은 없고 노인의 돌직구만 날아오는 낚시터.

김 기자는 정 화백을 원망하는 수밖에 없었다. 하지만, 조황만 좋다면 노인의 돌직구쯤 얼마든지 참을 수 있을 것 같았다. 그런데 찌들은 여전히 요지부동이었다. 김 기자는 조금씩 짜증이 치밀어 오르기 시작했다.

김 기자도 담수어 낚시에 대해서는 알 만큼 아는 수준이었다. 기술적인 부분이나 이론적인 부분에 대해서도 자신감을 가지고 있었다. 뿐만 아니라 어지간한 낚시터는 거의 순례한 조력도 간직하고 있었다.

그러나 이 빌어먹을 낚시터는 오늘이 처음이었다. 하룻밤에 토종 붕어 월척을 일곱 수나 했다는 정 화백의 자랑만 아니었어도 김 기자는 다른 낚시터로 출조를 했을 거였다. 그러나 정 화백이 핸드폰으로 찍은 토종 붕어 월척 일곱 수를 확인하게 된다면, 김 기자뿐만 아니라 어떤 낚시꾼이라도 다른 낚시터는 생각할 수가 없었을 것이다.

오래전에 정부는 충분한 연구도 거치지 않고 농촌의 새로운 소득증대를 도모한다는 명분으로 대한민국 하천 전역에 무분별하게 외래어종인 베스와 블루길을 방류했다. 토종 민물고기는 치어일 때부터 베스와 블루길에게 잡아먹혀 개체 수가 현격하게 줄어들고 말았다. 낚시꾼들은 흔히 토종 붕어를 만나기가 상투 튼 중놈 만나기보다 힘들다고 투덜거린다.

그런데 정 화백은 토종 붕어 월척을 하룻밤에 일곱 수나 낚아 올렸다. 상투 튼 중놈을 하룻밤에 일곱 명이나 만난 격이었다. 절대로 흔한 일이 아니었다.

김 기자는 자신에게도 그런 행운이 도래해 주기를 기다리고 있었다. 처음에는 토종 붕어 월척을 일곱 수 이상 낚아 올려야 정 화백의 기를 꺾을 수 있다고 생각했다. 그러나 시간이 지나면서 한 마리라도 월척이면 괜찮다는 생각으로 변했다. 그러다가 지금은 월척 아니라도 붕어면 만족하겠다는 생각으로 굳어졌다.

입질이다.

돌연, 김 기자의 눈에 찌의 움직임이 포착되었다.

2.5칸, 제일 짧은 대였다. 김 기자의 세포들이 일제히 긴장했다. 김 기자의 손은 반사적으로 낚싯대 손잡이를 잡아챌 준비를 하고 있었다.

키킥.

무슨 의미일까. 노인이 등 뒤에서 짤막하게 웃음을 흘렸다. 왜 웃었는지 묻고 싶었으나 입질이 들어오는 상황이었다. 다른 일에 신경 쓸 겨를이 없었다.

찌는 조금씩 아래위로 간교하게 움직이고 있었다. 무슨 고기일까. 찌의 움직임만으로는 어종을 짐작할 수가 없었다. 그러나 대물 같지는 않았다. 처음 보는 찌놀림이었다. 좀처럼 챌 기회를 포착할 수 없었다. 간교하게 움직이던 찌가 순식간에 세 마디 정도나 불쑥 솟구쳐 오르고 있었다. 재빨리 챔질을 했다. 그러나 허탕이었다.

물고기를 속이러 왔다가 물고기한테 속고 가게 생겼네.

노인의 조롱 섞인 말이었다.

그제서야 김 기자는 입질이 들어왔을 때 노인이 키킥 하는 웃음을 흘린 이유를 알았다. 입질이 들어왔을 때 이미 노인은 김 기자의 헛손질을 예측하고 있었던 것이다.

움찔움찔.

떡밥을 낚싯바늘에 매달고 있는데 3.5칸, 3.0칸에 모두 입질이 들어오고 있었다. 2.5칸대와 비슷한 패턴이었다. 찌가 솟구쳤을 때 챔질을 했으나 두 낚싯대 모두 연달아 허탕이었다.

이제 파로호는 서서히 어둠에 잠식되고 있었다. 더위도 한결 기세를 죽이고 있었다. 김 기자는 전자케미를 찌 끝에 부착했다. 여전히 똑같은 입질이 계속되고 있었다. 그러나 몇 번이나 챔질을 했지만 허탕, 허탕, 허탕만 연발했다.

뭐지요.

김 기자가 노인에게 물었다.

낚시꾼이면 물어볼 거 없이 잡아내야지.

피라미인가요.

아니야.

김 기자는 납자루일지도 모른다는 생각을 했다. 춘천호나 의암호에서 낚시를 하면 자주 납자루가 붙는다. 떡밥을 던지기가 바쁘게 떼를 지어 달라붙는다. 주둥이가 바늘보다 작아서 아무리 챔질을 해도 제대로 낚이는 경우가 드문 물고기다. 어쩌다 바늘이 옆구리에 걸려 나오는 수도 있다. 한 번 붙었다 하면 좀처럼 물러가지 않는다. 그래서 경험 많은 낚시꾼들은 일단 납자루가 붙었다는 사실을 알면 미련 없이 자리를 떠버린다.

납자루 아닌가요.

아니야.

그럼 뭔가요.

잡아내면 가르쳐주지.

잡아내면야 저도 알지요.

민물고기 이름을 다 알고 있나.

그렇지는 않아요.

소양호나 의암호 같은 인공댐호에서 흔히 만날 수 있는 물고기는 종류가 그리 많은 편이 아니었다. 어지간한 물고기는 김 기자도 거의 다 이름을 알고 있었다. 피라미. 납자루. 중고기. 마자. 누치. 모래무지. 참붕어. 동자개. 장어. 메기. 꺽지. 끄리. 쏘가리. 가물치. 붕어. 잉어. 떡붕어. 베스. 블루길. 김 기자가 이름을 열거할 때마다 노인은 고개를 가로저어 보였다. 지금 입질하고 있는 물고기는 아니라는 것이다.

교활한 입질로 보건대 잔챙이들이 분명했다. 피라미 이상의 체형을 가진 물고기는 아닐 것이다. 하지만 잡아내야만 속이 시원할 것 같았다. 농간을 당하기를 여러 번, 김 기자는 조금씩 부아가 치밀어 오르기 시작했다. 망할 놈의 물고기들. 어떻게 생겨 처먹었는지 얼굴이나 한번 보자. 김 기자는 마침내 낚싯바늘을 교체하기로 마음먹었다.

붕어바늘에서 피라미바늘로 교체하고 떡밥도 녹두알만 한 크기로 매달았다. 물론 세 대의 바늘을 모두 교체할 필요는 없었다. 제일 먼저 입질이 들어왔던 2.5칸대만 교체했다.

녹두알만 한 떡밥이 매달린 2.5칸대를 던졌다. 찌가 가라앉기가 바쁘게 요란한 입질이 들어왔다. 김 기자는 용의주도하게 챔질할 기회를 엿보고 있었다. 이윽고 찌가 두 마디 정도 치솟아 오르고 있었다.

이때다.

마침내 김 기자는 챔질에 성공했다. 파르르. 어처구니없을 정도로 작은 물고기였다. 뭐지. 처음 보는 물고기였다. 멸치 이상도 이하도 아닌 크기였다. 생김새까지 멸치 같았다.

참 엄청난 대얼세.

노인이 말했다.

이름이 뭐죠.

몰개야.

노인이 멸치만 한 물고기의 이름을 가르쳐주었다.

떼로 몰려다니는 놈들이지. 아마 지금쯤 이 좌대 주변을 완전히 장악해 버렸을 걸세. 크기는 멸치만 해도 잉어과 잉어목에 속하는 물고기지. 세력권을 형성하고 있다가 다른 물고기가 침범하면 떼로 몰려들어 공격하기 때문에 체형이 큰 잉어나 누치도 도망쳐버리고 만다네.

던지자마자 입질이었다. 그러나 챔질을 해도 잘 낚이지 않는 물고기였다. 납자루처럼 때로는 아가미를 꿰거나 옆구리를 꿰어서 올라오는 경우도 있었다.

대개 밤이 되면 피라미나 납자루 같은 잔챙이들이 물러가기 마련이었다. 그러나 몰개는 쉽게 물러갈 태세가 아니었다. 김 기자는 상당히 오랫동안 몰개에게 시달리고 있었다. 어찌나 헛손질을 자주 했는지 팔에 통증이 느껴질 정도였다.

몰개 떼들이 이제야 퇴각하는구만.

노인이 말했다.

정말 신기한 일이었다. 노인의 말이 끝나기가 무섭게 몰개의 입질이 딱 끊어져버리고 말았다. 다시 정적이 밀려들기 시작했다.


떡밥그릇을 의자 밑으로 집어넣게.

왜요.

비가 올 거야.

노인이 말했다.

하늘도 산도 물도 보이지 않았다. 어느 쪽으로 시선을 돌려도 묵지 같은 어둠뿐, 아직 아무것도 태어나지 않은 태초 같았다. 태초에 낚시꾼이 있었다. 낚시꾼은 몰개라는 치어 떼에 시달렸고, 아직 한 번도 입질다운 입질은 보지 못했고, 이상도 하지, 비가 올 거라는 노인의 말이 떨어지기가 무섭게 후둑후둑 빗방울 떨어지는 소리가 들리기 시작했다.

김 기자는 자신이 낚였다는 생각을 하고 있었다. 정 화백에게도 낚였고 외눈박이 노인에게도 낚였고 몰개들한테도 낚였다는 생각을 하고 있었다.

산 밑 어딘가에서 새끼를 부르는 어미 고라니의 울음소리가 들리고 있었다. 조금씩 빗소리가 거세지기 시작했다. 순식간에 주위가 서늘하게 식어들었다. 번쩍, 번개가 어둠을 가르고, 쿠르릉, 천둥이 땅을 뒤흔들었다. 수상가옥의 처마 밑에 좌대가 설치되어 있었으므로 비를 맞지 않고 낚시를 할 수는 있었다. 그러나 낚시를 계속할 엄두가 나지 않는 폭우였다.

어르신께서 아까 제 떡밥에는 물고기에 대한 진실과 애정이 전혀 들어 있지 않다고 말씀하셨는데 제 공부가 부족해서 무슨 뜻인지 잘 모르겠습니다. 비도 세차게 내리고 입질도 전혀 없는데 이 틈에 자세히 좀 가르쳐주시면 안 될까요.

노인의 등받이 의자는 김 기자 뒤쪽에 위치해 있었다. 그러나 짙은 어둠 때문에 고개를 돌렸지만 노인의 모습은 보이지 않았다.

요즘 신문기사 제목하고 자네 떡밥하고 똑같다고 생각해 보시게.

노인이 말했다.

그래도 저는 모르겠는데요.

요즘 신문기사들은 제목에 뻑하면 충격, 경악 따위의 단어들을 첨가해서 미끼로 쓰지 않나. 얄팍한 술수로 독자들을 낚아보겠다는 속셈이지. 막상 기사를 읽어보면 충격의 건덕지나 경악의 건덕지가 전혀 없어도 습관적으로 그런 미끼를 쓴단 말일세. 독자들을 어떻게 속일까만 생각하고 무엇을 전달할까는 등한시한 결과지. 자네는 신장떡밥, 새우가루, 보릿가루를 섞어서 떡밥을 조제했지.

맞습니다.

적어도 파로호의 물고기들은 그 떡밥에 속지 않네.

그럼 어떤 떡밥을 써야 합니까.

아까도 내가 말했지만 물고기에 대한 진실과 애정이 들어가 있는 떡밥을 써야지.

어떤 떡밥이 물고기에 대한 진실과 애정이 들어가 있는 떡밥입니까.

가르쳐줄까.

가르쳐주세요.

자네는 파로호의 물고기들이 시체의 맛에 길들어 있다는 사실부터 알아야 하네.

아니, 시, 시체의 맛이라니요. 그, 그게 무슨 말씀입니까.

그만두세.

노인은 왠지 입을 다물어버리고 말았다.

사방은 어둠으로 가득 채워져 있었고 끊임없이 빗소리만 계속되고 있었다. 김 기자는 갑자기 지독한 고립감에 휩싸였다. 온 세상이 다 떠내려가버리고 좌대 위에 자기 혼자만 남아 있는 듯한 기분이었다.

찌를 보고 있어.

돌연 노인이 입을 열었다. 그러나 빗소리 때문에 잘 들리지 않았다.

뭐라구요.

누치 입질이 들어올 거야.

노인의 말이 떨어지자 정말로 찌가 움직이기 시작했다. 김 기자는 방심하고 있었다. 김 기자가 긴장하고 있는 와중에 찌 끝이 한 마디쯤 올라왔다 내려갔다를 반복하고 있었다. 예신(豫信)에서부터 탄력이 느껴지고 있었다. 잔챙이가 아니라는 증거였다. 김 기자는 온 신경을 집중시켜 챔질할 기회를 기다리고 있었다. 쭉쭉. 급히 올라왔던 찌가 급히 곤두박질을 쳤다. 전형적인 누치 입질이었다. 김 기자는 힘차게 낚싯대를 잡아당겼다.

핑!

낚싯줄이 울었다. 낚싯대를 통해 팽팽한 저항이 느껴졌다. 놈은 끌려나오지 않기 위해 있는 힘을 다해 탈출을 시도하고 있었다. 그러나 정확한 타이밍에 챔질을 했으니까 바늘은 제대로 박혀 있을 것이다. 김 기자는 낚싯대의 각도를 유지하면서 누치의 힘이 빠지기만을 기다렸다. 이른바 손맛을 한껏 즐기고 있었던 것이다. 조금씩 놈의 저항이 약해지고 있었다.

김 기자는 모자에 부착되어 있는 랜턴을 켜고, 좌대 가까이로 끌려와 몸을 심하게 뒤채는 누치를 확인했다. 제법 큰 놈이었다. 조심스럽게 뜰채로 건져 올렸다. 전장 50센티는 족히 될 만한 크기다. 누치는 원래 힘이 좋은 물고기였다. 방심하면 아차 하는 순간에 낚싯대를 끌고 들어가버리기 일쑤였다. 만약 노인이 가르쳐주지 않았다면 낚싯대를 빼앗겨버렸을지도 모른다. 하지만 김 기자는 누치를 어망에 넣고 나서야 노인의 존재를 의식했다.

생각할수록 이상한 노인이었다.

노인이 물개 떼가 퇴각한다고 말하자 입질이 딱 끊어져버렸고, 비가 내릴 거라고 말하자 빗방울이 떨어져내렸다. 뿐만 아니라 누치의 입질이 들어올 거라고 말하자 정말 누치의 입질이 들어왔다. 노인은 그 모든 사실을 어떻게 미리 알 수가 있었을까.

어르신은 누치가 입질할 거라는 사실을 어떻게 미리 아셨어요.

내가 귀신이니까.

물론 김 기자는 액면 그대로 받아들일 수가 없었다. 그저 자화자찬이겠거니 하고 생각했다.


자네는 기자니까, 파로호를 한자로 어떻게 쓰는지 알고 있겠지.

깨뜨릴 파 자에 포로 로 자에 호수 호 자를 쓰지 않습니까.

다 맞았는데 로 자를 잘못 알고 있네.

포로를 뜻하는 글자가 아니었습니까.

물론 포로를 뜻하는 글자로 쓰이기도 하지만, 파로호의 경우에는 오랑캐를 뜻하는 글자로 쓰였어. 그러니까 파로호는 오랑캐를 격파한 호수라는 뜻이지.

노인의 말에 의하면 화천은, 6·25 때 인해전술을 펼치며 밀고 내려온 중공군들과 국군 6사단이 치열한 전투를 벌였던 지역이었다.

　1951년 5월, 용문산 전투에서 크게 패한 중공군은 북한강 이북으로 철수하는 과정에서 특별한 대책 없이 강과 골짜기로 몰려들어 후퇴를 서두르고 있었다. 이때 국군 6사단이 총공세를 펼쳤는데 이 과정에서 일개 소대 병력이 중공군 대대 병력을 생포하는 진풍경이 연출되기도 했고, 5월 28일 하루 만에 3만 8천여 명의 중공군 포로가 생포되기도 했다. 당시 파로호 일대는 피비린내가 진동을 했으며 가는 곳마다 시체가 산을 이루었다. 수만 구의 중공군 시체가 파로호에 물고기밥으로 수장되었다.

　그러나 당시에는 이름이 파로호가 아니었다. 당시에는 화천 저수지라는 이름을 가지고 있었다. 대한민국 초대 대통령 이승만이 국군 6사단의 대승을 기념하여 파로호라는 이름을 붙였다. 오랑캐를 물리친 호수라는 뜻이었다.

　김 기자는 화천에서 군대생활을 한 경력을 가지고 있기는 했지만 모르고 있었다. 그토록 많은 중공군이 수장되었다는 사실도, 이승만 전 대통령이 파로호라는 이름을 붙였다는 사실도.

나는 당시 스무 살 나이로 출정했던 중공군 중의 한 명이었네.

노인은 중국 천진의 가난한 농사꾼 집안에 천덕꾸러기로 태어났다. 3남 2녀 중 차남이었다. 태어날 때부터 한쪽 눈이 함몰되어 있었다. 마을에 퉁소를 잘 부는 사람이 있었는데 어릴 때부터 열심히 쫓아다녔다. 농사일을 거들지 않고 퉁소꾼이나 쫓아다닌다고 아버지에게 자주 매를 맞기도 했다.

퉁소는 수시로 노인에게 위안과 긍지를 가져다주기는 했지만, 궁극적으로는 노인을 죽음으로 내모는 비극을 초래했다. 노인은 퉁소를 잘 분다는 이유로 전쟁에 차출되었다.

내 임무는 한밤중 고요한 전장에서 애간장이 끊어지는 소리로 퉁소를 불어서 적군들로 하여금 전의를 상실케 만드는 것이었네.

한밤중의 전쟁터는 긴장과 고요로 숨이 막힐 지경이다. 달까지 휘영청 밝아 있으면 비애감으로 뼈가 저려올 지경이다. 이때 멀리서 퉁소 소리가 들린다고 생각해 보라. 애간장이 끊어질 수밖에 없다. 어머니가 떠오르고 고향이 떠오르고 자신도 모르게 눈물이 두 볼을 타고 흐른다. 그리고 완전히 전의를 상실할 때까지 퉁소 소리는 계속된다. 그러다 일순, 퉁소 소리가 그치면서 잠시 고요가 계속된다.

왜 퉁소 소리가 끊어졌을까. 이제 그만 불고 자려는 것일까.

전의를 상실한 채, 어머니의 모습이나 고향의 전경을 떠올리며 눈물을 흘리고 있을 때, 갑자기 요란한 북소리와 함성을 앞세우고 수많은 중공군이 벌떼처럼 몰려든다. 적군은 혼비백산해서 제대로 육박전을 치를 수가 없다. 중공군이 흔히 쓰는 인해전술의 전형이다.

하지만 무슨 까닭인지, 내 통소는 그다지 실효를 거두지 못했네. 전투는 중공군의 대패로 끝나고 말았지. 나는 후퇴하던 무리에서 낙오되어 계곡 바위 뒤에 숨어 있다가 한국군에게 발각되고 말았지. 발각되자마자 총탄이 빗발쳤어. 도대체 내 몸에 총알이 몇 발이나 박혔는지조차 모를 정도였어. 나는 수십 발의 총탄이 박힌 채로 굴러떨어져 파로호에 수장되고 말았지.

그런데 누가 어르신을 구해드렸나요.

구해주기는.

그럼 어떻게 살아나셨어요.

나는 죽었어.

지금 살아 계시잖아요.

아까 내가 귀신이라고 말하지 않았어.

에이, 장난치지 마세요. 캄캄한 밤중에 비까지 내리는데.

정 화백이 자세한 내막을 얘기해 주지 않은 모양이구만. 무간낚시터 특별조사들은 다 내가 귀신이라는 사실을 알고 있는데.

노인은 무간낚시터가 특별조사제(特別釣士制)로 운영된다고 말했다. 문자 그대로 특별한 조사에 한해서 좌대사용이 허용되며, 특별한 조사들은 일반 조사를 세 번 정도 추천해서 좌대에 앉힐 수 있는 권한을 가지고 있다는 것이었다. 그러니까 김 기자는 정 화백이 추천한 일반 조사 중의 하나였다.

스무 살 때 돌아가셨으면 스무 살 때 그대로의 모습을 간직하고 계셔야 하는 거 아닌가요.

우리처럼 사람한테 모습을 드러낼 수 있는 귀신들은 세월에 따라 나이를 먹지. 그리고 나이에 따라 모습도 변하는 거야.

하지만 김 기자는 노인이 자기를 놀려먹기 위해 장난을 치고 있는 거라고 생각했다.

자네, 랜턴을 켜서 나를 한번 비춰 보게.

김 기자는 노인이 어떤 장난을 걸어도 말려들지 않겠다고 다짐했다. 모자에 부착되어 있는 낚시용 랜턴을 켰다. 그리고 노인을 비추었다. 랜턴 불빛에 노인의 모습이 선명하게 드러났다. 노인은 수상가옥의 벽을 배경으로 가만히 서 있었다. 왜소한 체구. 움푹 들어간 왼쪽 눈. 색 바랜 국방색 옷차림. 촌스럽고 남루하고 어눌해 보이는 모습. 노인의 모습은 그대로였다.

그런데도 노인은,

　내게서 뭔가 이상한 점을 발견하지 못하겠나.

　하고 말했다. 그러나 김 기자는 전혀 이상한 점을 발견할 수 없었다. 노인은 그런 관찰력을 가지고 어떻게 기자 노릇을 하겠느냐고 끌끌끌 혀를 차고 있었다. 이상한 점이라니요. 제가 보기에는 멀쩡하신데요. 김 기자는 대답과 함께 절대로 속지 않겠다는 다짐을 거듭하고 있었다.

　잘 보게. 그림자가 없지 않나.

　일순, 김 기자는 자신의 눈을 의심했다. 정말이었다. 랜턴은 노인의 앞모습을 비추고 있었다. 그렇다면 노인의 뒤쪽 벽에 그림자가 있어야 정상이었다. 그러나 그림자는 없었다. 자기가 귀신이라니, 김 기자는 어이가 없었다. 어이가 없어서 헛웃음이 실실실 새어나오고 있었다.

　그런데 모르겠다. 랜턴을 비추었을 때 왜 그림자가 없었을까. 잘못 본 것은 아닐까. 아니다. 분명히 그림자가 없었다. 아무리 생각해도 납득이 되지 않았다. 등골이 서늘했다. 하지만 김 기자는 자신이 목격한 장면을 애써 부정하고 있었다. 틀림없이 자기가 모르는 어떤 트릭이 숨어 있을 것 같았다. 마술일까. 최면술일까. 착시일까. 김 기자는 오래도록 혼란에 빠져 있었다.

김 기자는 일단 '아니겠지'로 결론을 내리기는 했다. 만약 '귀신이다'로 결론을 내리면 가뜩이나 소심한 성격에 심장마비로 쓰러져버릴 것 같았다. 하지만 랜턴을 비추었을 때 그림자가 없었던 이유만은 끝내 찾아내지 못했다.

밤이 깊어지면서 빗소리가 기세를 죽였다. 캄캄한 어둠 속에서 세 개의 케미라이트가 졸음에 겨운 눈을 깜빡거리고 있었다. 여전히 입질은 없었다. 누치 한 마리가 수확의 전부였다.

피곤하면 방에 들어가 한숨 붙이고 나오지.

노인이 말했다.

이제 김 기자는 노인이 입을 열 때마다 소스라치는 습관이 생겼다.

괘, 괜찮습니다.

말까지 심하게 더듬고 있었다. 아니겠지, 하면서도 한편으로는 겁을 잔뜩 집어먹고 있는 것이 분명했다. 손목시계가 오전 1시 24분을 가리키고 있었다.

내일 출근하려면 한숨 붙여두는 게 좋지 않을까.

내, 내일은 출근 아, 안 해도 됩니다. 이박삼일 휴, 휴가 끊어서 온 겁니다.

등골이 서늘하기는 했지만 사방이 물이었다. 보트조차 없었다. 인간이 유인 우주선을 타고 달나라를 갔다 온 지 40년이 훨씬 지난 시대에 귀신이라니, 무슨 스티브 잡스 사과 깨물다 어금니 부러지는 소리냐. 김 기자는 수시로 고개를 가로저었다.

낚싯대를 펼쳤으면 조과가 있어야지.

명색이 낚시꾼인데 고작 누치 한 마리로 만족할 수는 없었다. 모름지기 대낚이라면 잡어는 수확으로 치지 않는다. 붕어가 아니라면 아무리 많은 수량을 확보했어도 체면 유지가 되지 않는다. 월척이라는 단어는 붕어에 한해서만 적용되는 단어다. 다른 물고기는 전장이 1미터를 넘어도 월척이라는 용어를 사용하지 않는다. 낚시용으로 중국에서 수입한 중국산 붕어도 안 되고 역시 낚시용으로 일본에서 수입한 속칭 떡붕어도 안 된다. 오로지 토종 붕어라야 한다.

그런데 입질이 없었다.

이제 비는 완전히 그쳐 있었다. 낚시하기에는 더없이 좋은 날씨였다. 입질만 심심찮게 들어와주면 보람찬 휴가로 기억될 텐데 제기랄, 찌 세 개가 까딱도 하지 않고 물속에 견고하게 박혀 있었다.

하지만 건너편 좌대는 딴판이었다. 또 걸었다. 붕어다. 대짜야. 분주하기 짝이 없었다. 남에게 방해가 안 되려고 소리를 죽이는 기색이 역력했지만 충분히 알아들을 수 있는 환호성들이었다.

저쪽 좌대는 연속적으로 입질이 들어오는데 왜 이쪽 좌대는 종무소식일까요.

조바심을 참고 있던 김 기자는 마침내 고개를 돌리고 노인을 향해 볼멘소리로 투덜거렸다.

그 떡밥으로는 입질 받기 힘들다니까.

그럼 어떤 떡밥을 써야 하나요.

파로호의 물고기들은 시체의 맛을 기억한다고 내가 말하지 않았던가.

전쟁 때 수장된 시체들을 뜯어 먹었기 때문인가요.

그렇지.

일천 구백 오십 일 년이라면 육십 년이 훨씬 넘었는데 그때의 물고기들은 수명이 다해 모두 죽었을 테고 지금의 물고기들은 그 맛을 모르지 않을까요.

하지만 노인은 고개를 가로저었다.

노인의 주장에 의하면, 인간에게 길들여지지 않은 야생의 생물들은, 사는 문제나 죽는 문제와 직결된 요소들, 즉 먹이 문제나 위험요소 따위는 유전정보로 채택해서 후손에게 물려준다.

파로호에 수장되었던 중공군은 수만 명에 달한다. 호수 밑바닥의 수온은 차디차기가 얼음물과 버금갈 정도였다. 그래서 오래도록 부패하지 않은 채로 물고기의 먹이가 되어주었다. 따라서 파로호에 서식하는 물고기들은 사람의 시체를 가장 적합한 먹이로 인식하게 되었다. 그리고 그 정보는 지금의 물고기들에게까지 전수되었다.

그러나 김 기자는 노인의 말을 어디까지 수긍하고 어디까지 부정해야 할지 갈피를 잡을 수가 없었다. 건너편 좌대에서는 뻔질나게 환호성이 터져 나왔다. 건너편에는 뻔질나게 입질이 들어오고 이쪽은 요지부동인 것으로 미루어 김 기자의 떡밥에 문제가 있다는 노인의 주장은 믿을 수밖에 없는 결론으로 굳어지고 있었다.

건너편에는 연방 입질이 들어오는데 여기는 왜 이럴까요.

건너편에는 특별조사가 앉아 있으니까 당연히 정상적인 떡밥을 썼다고 봐야지.

어떤 떡밥이 정상적인 떡밥입니까.

일종의 육포인데, 물고기에 대한 진실과 애정이 담긴 떡밥이라고나 할까.

노인의 말이었다. 지렁이나 새우 따위의 육식성 떡밥을 쓴다는 얘기는 들어본 적이 있어도 육포를 떡밥으로 쓴다는 얘기는 금시초문이었다.

제게 만드는 법을 전수해 주시면 안 될까요.

정 화백이 두 번만 더 추천하면 무간낚시터 특별조사가 되실 분인데 당연히 전수해 드려야지.

특별조사들은 모두 그 떡밥을 조제할 줄 안다는 거였다.

지금 가르쳐주셔야 조과를 올리지요.

방에 남은 떡밥이 좀 있는지 모르겠네.

노인은 만드는 법을 가르쳐주기 이전에 자기가 쓰다 남은 떡밥이 방에 남아 있는지 찾아볼 터이니 랜턴을 좀 빌려 달라고 말했다. 일단 그것으로 위력을 한번 실감해 보라는 얘기였다. 노인은 김 기자로부터 랜턴을 받아들고 방으로 들어갔다. 떡밥은 쉽게 눈에 띄지 않는 모양이었다. 오래도록 방에서 부스럭거리는 소리가 들리고 있었다.

아주 조금 남아 있구만.

방에서 나온 노인이 말했다. 그래도 위력을 알기에는 충분하겠지. 노인은 혼잣소리를 하면서 무언가를 열심히 씹고 있었다.

출출하신가 봐요. 아까 라면이라도 좀 드실 걸 그랬어요.

자네는 내가 주전부리라도 하는 줄 아는 모양이지.

아, 아닌가요.

물고기에 대한 진실과 애정이 담긴 떡밥을 씹고 있는 중이라네.

육포의 일종인데 물고기는 이빨이 없기 때문에 먹이를 쉽게 흡입할 수 있도록 씹어서 부드럽게 만들어주어야 한다는 것이었다. 노인은 김 기자에게도 검지 두 마디 정도 되는 부피의 육포를 건네주었다. 오래 씹어서 부드럽고도 점성이 강한 떡밥으로 만들어 사용하라는 가르침이었다.

김 기자는 께름칙한 기분으로 육포를 입에 넣고 씹어대기 시작했다. 도무지 무슨 맛인지 알 수가 없었다. 시중에서 쉽게 구할 수 있는 소고기 육포와 별로 다르지 않다는 생각을 했다. 일 분 정도 씹으니까 금방 부드러워지면서 점성이 느껴지기 시작했다.

바늘에 매달 때 몇 번이고 뭉쳐서 잘 다져야 하네.

노인이 자기가 씹고 있던 떡밥을 꺼내 3.5칸대 바늘에 매달면서 시범을 보이고 있었다.

정신 바짝 차리고 찌를 잘 보시게.

노인이 직접 떡밥을 매달아 낚싯줄을 던졌다. 날렵하고 세련된 동작이었다. 오 분 정도나 경과했을까. 노인이 찌 부근에 랜턴을 비추어 보라고 말했다. 김 기자는 노인이 시키는 대로 찌 부근에 랜턴을 비추어 보았다. 거기 놀라운 광경이 벌어지고 있었다. 수면이 심하게 일렁거리고 있었다.

저, 저게 뭔가요.

고기들일세.

이럴 수가.

이 떡밥 냄새만 맡으면 파로호의 물고기들은 미쳐버린다네.

믿을 수가 없었다. 입질, 입질, 입질. 던지기가 바쁘게 입질이 들어왔고 김 기자는 적기에 챔질을 계속했다. 그토록 소망했던 토종 붕어들이 챔질을 할 때마다 푸득거리며 올라오고 있었다. 김 기자는 세포들이 술렁거리고 혈관이 부풀어 오르는 황홀경에 빠져 있었다.

결국 김 기자는 3.5칸대만 남겨두고 다른 낚싯대를 모두 철수해 버렸다. 세 대를 모두 쓰기에는 입질이 너무 잦았다.

잠깐 어망을 들여다보았다. 마자도 있고 끄리도 있고 누치도 있었다. 하지만 잡어는 안중에도 없었다. 물론 붕어가 가장 많았다. 전체적으로 씨알이 굵었다. 40센티 안팎에 해당하는 월척도 두 수나 섞여 있었다. 그러나 이내 떡밥이 떨어져버렸다. 김 기자는 망연자실, 노인의 선처만을 기다리고 있었다. 오래도록 정적이 계속되고 있었다. 정적 속에서 다시 빗줄기가 거세지고 있었다.


떡밥 만드는 거 가르쳐줄까.

김 기자가 요지부동인 찌를 바라보면서 하품을 연발하고

있을 때 노인이 김 기자의 심중이라도 들여다보듯 은밀한 목소리로 그렇게 말했다. 떡밥 만드는 거 가르쳐줄까. 한참 동안 분주한 입질 때문에 귀신에 대한 의구심은 까마득히 잊고 있었다.

가르쳐주세요.

김 기자는 반겨 대답할 수밖에 없었다.

잠깐만 기다리게.

노인은 랜턴도 없이 혼자 방으로 들어갔고 잠시 부스럭거리는 소리가 들렸다. 김 기자는 정 화백을 생각했다. 떡밥을 새로 만들게 되면, 월척을 일곱 수나 올렸던 정 화백의 조과를 능가할지도 모른다는 기대에 부풀어 있었다.

나한테 랜턴 좀 비춰주게.

노인이 바로 곁으로 다가와 김 기자에게 말했다. 김 기자는 아무런 경계심도 없이 랜턴을 켜서 노인을 향해 비추었다. 그리고 전신이 얼어붙는 공포감에 사로잡히고 말았다. 노인의 오른쪽 손에는 번뜩거리는 회칼이 쥐어져 있었다.

악.

소리를 지르고 싶었으나 목구멍은 응고되어 있었다. 전신이 굳어져서 뒤로 물러설 수도 없었다.

아, 랜턴 좀 똑바로 비춰. 여기, 여기다 비춰야지.

노인이 다그쳤다.

김 기자는 떨리는 손으로 황급히 랜턴 불빛을 노인에게로 향했다.

노인은 천천히 왼쪽 팔뚝을 걷어붙였다. 뼈만 앙상한 팔뚝이 드러났다. 흉터투성이였다. 노인은 망설이지 않고 회칼로 팔뚝의 살점을 베어내고 있었다. 그런데 이상하게도 피는 한 방울도 흐르지 않았다. 살점을 베어내는데 피가 흐르지 않다니, 라고 생각하는 순간, 김 기자는 정신이 아뜩해지면서 그 자리에서 혼절해 버리고 말았다.

얼마나 시간이 경과했을까.

김 기자가 정신을 차렸을 때는 저물녘이었다. 기억 저편에서 아직도 빗소리가 들리고 있었다. 정신이 혼미했다. 내가 왜 여기 와 있는 거지, 라고 김 기자는 생각했다.

그러나 상황이 크게 낯설지는 않았다. 언젠가 경험한 적이 있는 상황 같았다. 암회색으로 낮게 내려앉아 있는 하늘, 후텁지근한 날씨, 등 뒤에서 등받이 의자에 앉아 자신을 물끄러미 바라보고 있는 외눈박이 노인. 모두가 낯설지 않았다.

그러나 자신이 왜 여기에 있는지, 도무지 기억해 낼 수가 없었다. 김 기자 앞에는 떡밥그릇 하나가 놓여 있었다. 그 속에는 조제 중인 떡밥이 들어 있었다. 그때 등 뒤에서 노인의 목소리가 들렸다.

이 친구는 물고기를 속이는 걸 낚시라고 생각하는구만.

이 말도 분명히 언젠가 들은 적이 있었다.

김 기자는 내가 미친 것일까, 하고 생각했다. 하지만 그럴 리가 없었다. 김 기자는 세차게 고개를 가로저었다. 나는 미치지 않았다. 나는 미치지 않았다. 나는 미치지 않았다. 자신의 의지와는 무관하게 중얼거림이 자꾸만 반복되고 있었다. 김 기자는 내가 미친 것이 아니라 세상이 미친 것이라고 생각했다. 그러자 역시 중얼거림이 반복되기 시작했다. 세상이 미쳤어, 세상이 미쳤어, 세상이 미쳤어, 김 기자는 끊임없이 중얼거림을 반복하면서 입가에 허연 웃음을 비죽비죽 흘리고 있었다.

유배자

예술은 인간의 영혼을 썩지 않게 만드는
최상의 방부제다


1

문태현 씨는 올해 나이 서른두 살의 무명화가였다.

그는 유년시절부터 빈곤이라는 이름의 악마에게 영혼을 물어뜯기면서 혼자 험난한 가시밭길을 맨발로 걸어온 예술교 신도였다. 그가 소유하고 있는 재산이라고는 예술이 종교를 초월한다는 신앙심 하나뿐이었다.

그러나 그의 신앙심만으로 빈곤이라는 이름의 악마를 퇴치할 수는 없었다. 그는 그토록 열망하던 미술대학에 우수한 성적으로 입학할 수는 있었지만 졸업을 할 때까지 그림공부를 계속할 수는 없었다. 등록금 조달은 고사하고 입에 풀칠하는 일조차도 힘에 겨운 실정이었기 때문이다.

그는 삼 학년까지 버티다 도중하차를 결행하는 도리밖에 없었다. 그때부터 그는 자신이 유배자라는 사실을 절감하게 되었다. 그에게 있어서 세상은 쓰라린 겨울만이 존재하는 유형지였다.

그러나 아무리 현실이 참담해도 예술에 대한 그의 열망만은 소멸되지 않았다. 그는 한 유배자의 내면세계를 표출하는 작업에 십여 년이라는 세월을 아낌없이 쏟아부었다. 단 하루도 한눈을 팔아본 적이 없었다. 오직 혼신을 다해서 자신의 영혼을 화폭 속에다 밀어넣는 일에만 전심전력을 기울여 왔다. 깊은 사유를 통해서 예술의 본질에 접근해 보려는 노력도 게을리하지는 않았고 다양한 실험을 통해서 새로운 표현기법을 모색하려는 노력도 게을리하지는 않았다.

세상은 온통 새로운 예술들로 북새통을 이루고 있었다. 전시장마다 기상천외한 작태들이 예술이라는 미명 하에 각양각색으로 진열되어 있었다. 그것들은 대개 그럴듯한 이론들로 포장되어 있었으며 작가들의 잡다한 설명을 첨부해야만 가까스로 의도를 짐작할 수 있는 난해성을 필수조건으로 내세우는 공통점도 가지고 있었다. 뿐만 아니라 몇십 년 전에 서양의 작가들이 먹다 버린 이론의 부스러기들을 탐닉하면서 모조와 변조를 일삼는 사이비 작가들도 판을 치고 있었다. 그러나 예술의 진위를 판별할 수 있는 척도계는 아직 발명되지 않고 있었다.

무명화가 문태현 씨는 세상의 그러한 작태들에 반기를 든 사람 중의 하나였다. 진실성을 느낄 수가 없다는 이유에서였다. 진실성을 내포한 예술작품은 머릿속에서 만들어지는 것이 아니라 가슴속에서 만들어지는 것이었다. 따라서 설명함으로써 이해되는 형이하학적 대상이 아니라 감상함으로써 깨달아지는 형이상학적 대상이었다.

그는 오래전부터 모든 실험을 중단해 버리고 한지에 정통적인 필법으로 자신의 내면세계를 표출하는 일에만 골몰하기 시작했다. 그러나 세상은 아직 그의 그림에 조금도 관심을 기울여주지 않고 있었다. 어쩌면 영원히 그렇게 되어버릴 듯한 느낌도 없지 않았다. 이제는 황량한 겨울 벌판에서 싸늘한 초승달에 가슴을 찔린 채 짐승처럼 울부짖고 있는 한 사내의 캄캄한 모습 따위는 이미 전근대적인 유물쯤으로 취급되고 있는지도 모를 노릇이었다. 그의 작품은 어떤 공모전에 출품을 해도 입선작 이상의 성과를 거두어본 적이 없었다.


2

무명화가 문태현 씨가 지금의 아내를 만나게 된 것은 그가 살고 있는 소도시의 미술협회가 주관하는 전람회장에서였다.

"선생님의 그림을 보고 있으면 아무런 고통도 없이 살아가고 있는 자신이 부끄러워서 시궁창에 코라도 처박고 싶은 기분이 들어요."

아직 미혼인 무명화가 자신의 그림을 보고 그렇게 말하는 스물네 살의 눈부신 여자를 만났다면 누가 무심히 지나칠 수 있을 것인가. 그는 자신의 그림을 여자에게 선물함으로써 인생의 대 전환점을 가져오는 계기를 만들게 되었다.

일 년 동안의 열애 끝에 여자가 결혼을 제의해 왔을 때 그는 자신의 귀를 의심하지 않을 수 없었다. 그가 척박한 길섶에서 마구잡이로 자라난 엉겅퀴라면, 여자는 부유한 집안에서 애지중지 길러진 난초였다. 부모님이 강경하게 반대했음은 두 말할 나위가 없었다. 그로서는 황송하고 죄스러울 뿐이었다. 그러나 여자는 그와의 결혼을 끝까지 반대한다면 동반자살이라도 불사하겠다는 태세였다. 결국 우여곡절을 거듭한 끝에 결혼은 수락되었고 기나긴 그의 고행도 종지부를 찍었다.

그러나 결혼을 하고 나서도 그의 작품에 대한 열정은 식어들지 않았다. 오히려 더욱 뜨겁게 불타올랐다. 그의 아내는 시내에서 작은 완구점을 경영하고 있었다. 거기서 얻어지는 수입만으로도 전혀 경제적인 어려움을 느끼지 않고 살아갈 수가 있었다. 이제 빈곤이라는 이름의 악마는 그의 곁에서 멀리 사라져버린 것 같았다. 마침내 그는 자신이 신봉했던 예술교가 그를 천국으로 인도했다는 사실을 조금도 의심하지 않게 되었다.

그런데 어느 날 한 이교도가 그를 방문했다. 서울에서 첨단예술의 기수로 행세하고 있는 이 도시 출신의 대학 선배였다. 선배는 그가 대학을 다닐 때 군복무를 마치고 같은 학년으로 복학했는데 당시에도 새로운 예술 조류가 돌림병처럼 번지기만 하면 어김없이 제일 먼저 감염되는 특이체질을 가지고 있었다. 요즘은 만나는 사람마다 잡다한 예술단체의 직함들이 이면에 빼곡하게 인쇄되어 있는 명함을 내미는 일로도 유명해져 있었다.

"이번 가을에 제1회 대한민국 미래예술대전이 열린다는 사실은 알고 있겠지."

선배는 우선 명함부터 내민 다음 목에 잔뜩 힘을 준 어조로 그에게 물었다.

"금시초문인데요."

그는 어눌한 목소리로 대답해 주었다.

그러자 선배가 미리 준비해 가지고 온 계획서와 홍보물 따위를 방 안 가득 펼쳐놓고 장황한 설명을 늘어놓기 시작했다. 이번 가을에 개최하기로 예정되어 있는 제1회 대한민국 미래 예술대전은 한마디로 무명의 예술가들에게 기회를 주기 위해 마련된 행사다. 자신이 추진위원회의 총무를 맡고 있는 데다 심사위원이라는 중책까지 겸하고 있어서 한 사람의 무명화가 쯤은 쉽사리 빛을 보게 만들 수 있다. 선배는 자신이 이번 행사에서 얼마나 막강한 위력과 중책을 맡고 있는가를 몇 번이고 강조하기를 잊지 않았다.

"이번 기회에 자네를 특별히 생각해서 특선의 영예를 안겨 줄 계획이니 출품할 작품이나 열심히 준비해 두게."

선배는 마감일자와 접수방법을 상세하게 그에게 일러주었다. 마치 죽어가는 사람이라도 구제하러 온 것처럼 당당해 보이는 위세였다. 그는 별로 마음이 내키지 않았다. 선배가 왜 그런 생각을 하게 되었는지 도대체 저의를 알 수가 없었다.

선배는 한번 생선 비린내를 맡기만 하면 아무리 쫓아도 때려 죽이기 전에는 한사코 달라붙고야 마는 똥파리와 흡사했다. 일단 계획을 세우고 나면 무슨 일이 있어도 성사시키고야 마는 성미였다. 대학을 다닐 때 자기가 결성한 서클에 가입하지 않았다는 이유로 무려 석 달 동안이나 그를 쫓아다니며 설득했던 기억이 아직도 생생했다. 결국 그는 지겨워서 가입을 수락하지 않을 수 없었다. 이번에도 거절하기가 그리 쉽지는 않을 것 같았다. 그는 어떤 퇴치방법을 써야 좋을지 난감한 입장이었다.

"대상이라면 몰라도 특선이라면 사양하겠습니다."

이제 와서 겨우 특선이라는 경력 하나로 인생이 크게 달라질 것 같지 않다는 설명도 덧붙였다. 물론 대상 얘기는 선배로 하여금 아예 말도 붙이지 못하게 할 목적으로 꺼낸 것이었다. 그러나 선배의 다음 말을 듣자 그는 아연해질 수밖에 없었다.

"대상은 이미 내정되어 있다네. 덩어리가 큰 걸로야 아직 은상이 남아 있기는 하지만 제수씨가 과연 후원금 오천만 원을 선뜻 내놓을 수가 있을까. 특선으로 만족하게. 오백이면 되니까. 정히나 대상을 타고 싶다면 자네가 제수씨를 한번 설득해 보게."

선배는 이미 그의 아내와 특선에 대한 거래를 끝내고 왔음이 분명해 보였다. 은상이 오천만 원이면 대상은 일억이 넘었을 것

2016 BNM

이다. 그는 심장이 멎어버릴 듯한 충격에 사로잡혀 있었다.


무명화가 문태현 씨는 거래 사실을 알고도 아내에게 화를 낼 수는 없었다.

만약 선배가 아내에게 어떤 거래를 제의했다면 평생을 무명으로만 지내온 그를 늘 안쓰럽게 생각해 온 아내로서는 선뜻 거절하기 힘들었을 것이다. 그에게 조금의 힘이라도 될 수 있는 일이라면 아내는 어떤 어려움이라도 감내하려고 들었을 것이다.

그러한 아내의 성품은 적어도 측근들 모두가 알고 있었으며 선배 또한 모를 까닭이 없었다. 선배는 특선이라는 미끼를 움켜쥐고 있었다. 아내에게는 그것이 별주부가 구하러 다니는 토끼 간으로 보였을 것이다. 무슨 수를 써서라도 그 영약을 얻어서 남편의 예술에 활력을 불어넣어야 한다고 생각했을 것이다.

물론 아내는 무명화가 문태현 씨가 거래를 강력하게 거부할 것이라는 사실을 누구보다 잘 알고 있었을 것이다. 하지만 세상이 인정해 주지 않는 남편에게 조금이라도 도움을 주고 싶은 욕구를 억누르기도 힘들었을 것이다.


아내는 오백만 원이라는 거액을 구하기 위해 무슨 일을 했을까. 뻔할 뻔자였다. 아내는 고민 끝에 친정으로 달려갔을 것이다. 그리고 견디기 힘든 질책과 비난을 들어야 했을 것이다. 아내는 하소연을 했을 것이다. 친정 부모님은 역정을 내셨겠지. 아내는 울었을 것이다. 어떤 설득과 꾸지람도 감내하면서 오백만 원이라는 거액을 주겠다는 승낙을 얻을 때까지 물러서지 않았겠지.

하지만 아내가 견디기 힘든 비난과 질책의 대가로 얻어낸 거금 오백만 원은 지금 혐오스러운 선배의 금고 속에 들어 있을 것이다. 염병할, 염병할, 염병할 일이 아닐 수가 없다.


안 된다. 그 인간을 그대로 두어서는 안 된다. 그 인간은 예술이라는 이름의 토양에 뿌리를 내린 일종의 기생식물이다. 기생식물 중에서도 가시박 같은 존재다. 방치해 두면 수많은 식물들이 말라 죽고 토양 또한 황폐화되고 말 것이다.


가시박은 우리 나라 토종식물이 아니다. 1980년대 후반 병충해에 강한 특징 때문에 오이나 호박 등 접목묘의 대목용으로 도입되었다. 가공할 정도로 생명력과 번식력이 강해서 방치해 두면 아무리 넓은 면적의 농지라도 순식간에 가시박으로 뒤덮여버린다. 호숫가 주변의 들판이나 비탈진 강변, 수십 미터 높이의 나무까지 점령해서 가시박 천지를 만들어버리기 때문에 다른 식물들을 말라 죽게 만든다. 뿐만 아니라 토양도 양분을 모두 빼앗겨버려서 결국 황폐화되고 만다.

"저 망할 놈의 선배를 그냥 내버려두면 대한민국 예술계 전체를 초토화시켜 버리고 말 거야."

그는 결국 자신이 방제에 앞장서야겠다는 결심을 굳히고 있었다. 그는 가시박 같은 선배를 가장 효율적인 방법으로 방제할 수 있는 방법이 무엇일까를 골똘히 생각해 보기 시작했다.


3

선배는 전형적인 속물근성을 가지고 있는 위인이었다. 돈과 권력과 여자에 약한 편이었고, 그중에서도 특히 여자라면 사족을 못 쓰는 특성을 가지고 있었다. 대학시절부터 그랬다. 그래서 미끼를 결정하는 데는 그리 오랜 시간이 걸리지 않았다. 전시장으로 가면서 그는 전화를 걸었다. 행사가 하루 앞으로 다가와 있었다. 거리에는 가을이 절정을 이루고 있었다.

"이봐, 내가 얼마나 공들인 행사인데 자네 혼자서 다 망쳐놓을 작정인가."

선배는 전화를 받자마자 언성부터 높이고 있었다.

"무슨 말씀이십니까, 선배님."

예상하고 있던 반응이었다. 그는 지정된 전시공간에 텅 빈 유리상자 하나만 덜렁 놓아둔 상태였다.

"출품하기로 했으면 좀 그럴듯한 작품을 출품해야지, 텅 빈 유리상자는 또 뭔가."

"안에 들어갈 내용물은 보안상 공개할 수가 없어서 보류 중인 상태입니다."

그는 대답하면서도 선배에게 결정적인 미끼를 던질 찬스를 엿보고 있었다.

그는 이번 대전에 출품할 자신의 작품이 관람객들에게 엄청난 충격을 줄 것이라는 확신에 사로잡혀 있었다. 그는 세상이 썩었다는 사실에 격분하고 있었다. 썩지 말아야 할 것들이 더 썩었다는 사실이 격분에 기름을 끼얹고 있었다.

종교, 교육, 예술. 이 세 가지는 세상을 썩지 않게 만드는 방부제의 역할을 해야 한다. 종교는 아프고 소외된 자들을 돌보는 일보다 교세를 확장하는 일에 더 여념이 없고, 교육은 홍익인간을 만드는 일보다 사회적 소모품을 만드는 일에 더 주력하고 있다. 예술도 다르지 않다. 정신의 뿌리도 영혼의 뿌리도 간 곳이 없는 국적불명의 쓰레기들이 판을 치고 있다. 그런데 어떤 부정부패나 대형사고에도 시민들은 그다지 놀라지 않는다. 불감증이다.

"유리상자 안에 들어갈 내용물을 미리 공개하면 안 되는 이유가 뭔가."

"나중에 보시면 압니다."

"도대체 자네 작품이 무슨 세계 명작이라도 되는 줄 아나. 내 앞에서는 제발 그놈의 허세 좀 작작 떠시게."

선배는 자기가 들어야 할 소리를 남에게 해주고 있었다. 허세라면 오히려 선배가 둘째가라면 서러워할 사람이었다. 어떤 화가의 작품에 대해서도 칭찬을 하는 법이 없었다. 반드시 평가절하를 해야 직성이 풀리는 성미였다.

가령 고흐조차도 그에게는 결코 선망의 대상이 아니었다. 고흐 말이냐. 나는 왜 그 친구의 터치를 대할 때마다 광기보다는 곰팡이가 슬어 있는 라면다발이 먼저 떠오르는지 모르겠다, 라고 말할 정도였다.

"오늘 새벽까지 완전무결하게 설치해 놓겠습니다."

"확실해?"

"물론입니다. 그런데, 선배님."

드디어 미끼를 던질 찬스였다.

"제가 오늘 오전에 J2채널 현경진 아나운서와 인터뷰를 했는데요, 선배님에 대해서 많이 궁금해 했습니다."

"예술천하라는 프로를 진행하는 아나운서 말인가."

선배는 어느새 말씨가 부드러워져 있었다.

가을이 절정을 이루고 있었다.

"맞습니다. 실물이 훨씬 더 예쁘던데요."

"이 사람아. 그런 일이 있으면 먼저 나한테 연락을 했어야지."

"저도 갑자기 촬영팀이 집으로 들이닥쳐서 미처 선배님께 연락할 경황이 없었습니다."

그는 현경진 아나운서가 아내와 대학동기인데 주책없이 이번 대전에서 남편이 특선을 했다고 자랑질을 늘어놓는 바람에 그렇게 되었노라고 장황하게 설명해 주었다.

"한 시간 후에 술 한잔 하기로 했는데 시간이 되시면 그때 선배님도 동석하시지요."

"준비도 대충 끝났는데 그럴까."

선배는 아무 거리낌 없이 미끼를 덥썩 물어버렸다. 싱거울 정도로 게임이 쉽게 풀리고 있었다. 그는 통화를 끝내고 양복 주머니에서 준비물이 적힌 종이 한 장을 꺼내 찬찬히 훑어보기 시작했다.


수면제

청테이프

밧줄
닭 내장
돼지 내장
대형유리상자
노복정


4

무명화가 문태현 씨는 첩첩산중의 외딴 집에 은거해 있었다.
사방에 단풍이 축제처럼 불타오르고 있었다. 그는 조금 전에
인편으로 아내가 보내온 신문들을 뒤적거려보고 있었다. 신문
마다 제1회 대한민국 미래예술대전에 관한 기사가 대서특필되
어 있었다. 그의 작품에 관한 기사도 적지 않은 지면을 차지하
고 있었다.

설치미술 부문에 〈반납〉이라는 제목의 작품을 출품한 문태
현 씨는 이번 전시회를 통해 가장 물의를 일으킨 작가였다.

문태현 씨는 유리상자 속에 가축들의 내장과 오물을 가득
채우고 그 가운데 살아 있는 사람을 포박해서 눈과 입과 귀를

막아버린 다음 모가지만 돌출시켜 놓은 작품을 출품했다. 그러나 너무 지독한 악취를 풍기는 바람에 관람객이 도저히 접근할 수가 없을 지경이었다.

주최 측은 다른 작품을 감상하는 데 방해가 된다는 이유로 하루 만에 그의 작품을 철거했다. 그런데 작업 도중 유리상자 속에 포박되어 있던 사람이 이번 예술대전 추진위원회의 총무이자 심사위원인 노복정 씨로 밝혀짐으로써 또 한 번 화제를 불러일으켰다.

현재 노복정 씨는 작가 문태현 씨를 고소한 상태다.

노복정 씨의 진술에 따르면 〈반납〉이라는 설치물은 예술작품을 빙자한 일종의 보복극으로, 모욕죄 및 명예훼손죄에 해당한다. 두 사람은 대학 선후배 사이로 작품을 설치하기 하루전날 후배 문태현 씨가 선배 노복정 씨에게 술자리를 제의했고 노복정 씨는 아무 의심 없이 응하게 되었다. 그러나 몇 잔마시지도 않았는데 의식을 잃게 되었으며 정신을 차려보니 자기가 악취가 풍기는 가축들의 내장과 함께 대형유리상자 속에 포박되어 있었다는 것이다.

노복정 씨는 문태현 씨가 사전에 치밀한 계획을 세우고 자신을 술집으로 유인, 술에다 다량의 수면제를 투여했을 거라고 주장했다. 문태현 씨는 마감 하루 전까지 완성된 작품을 출품하지 못했고 노복정 씨가 이를 질책하자 앙심을 품고 자신을 가축들의 내장과 함께 전시물로 희화, 모욕을 주고 명예를 훼손했다는 주장이다.

한편 경찰에서는 후원금을 조건으로 협회 측과 수상자들 간의 거래행위가 이루어졌을 가능성도 배제하지 않고 있다. 현재 문태현 씨는 어디론가 잠적해서 행방이 묘연한 상태이다. 이 사건은 그러지 않아도 박 모 화백의 복제화 사건으로 떠들썩한 미술계에서 뜨거운 감자로 부각되고 있는 실정이다.

대충 그러한 내용들이었다.

그는 신문들을 가지런히 정리하고 무심히 하늘을 한번 쳐다보았다. 하늘은 투명한 남빛이었다. 투명한 남빛 하늘에 새털구름 한 자락이 가벼이 떠 있었다. 청량한 가을이었다.

흉터

## 1. 기도실

"틀림없이 제거했겠지?"

기도실로 들어서자마자 김찬양 목사가 청년부 지도교사에게 물었다. 목사는 한껏 목소리를 낮추고 경계심 어린 눈동자로 주위를 둘러보고 있었다.

"틀림없이 제거했습니다."

청년부 지도교사가 머리를 조아리며 절도 있는 목소리로 대답했다.

삼십 대 중반으로 보이는 나이였다. 장대한 기골에 험악한 인상을 가지고 있었다. 팔뚝에는 일편단심(一片丹心)이라는 한

자가 굵직하게 문신으로 새겨져 있었다.

"쉿, 이 사람아. 누가 들으면 어쩌려고."

그러나 기도실에는 아무도 없었다. 촛불과 성경이 놓여 있는 탁자 하나가 비품의 전부였다. 사람이 은신할 만한 공간이 아니었다. 그런데도 목사는 안심할 수 없다는 듯이 문을 열고 바깥을 잠깐 살펴본 다음 다시 문을 닫았다.

목사가 바깥을 확인한 다음 문을 닫았기 때문에 탁자 위에 켜져 있던 촛불이 잠시 경기를 일으키고 있었다. 촛불이 경기를 일으킬 때마다 벽면에 비친 두 사람의 시커먼 그림자가 함께 경기를 일으키면서 펄럭거리고 있었다.

"앞으로 때와 장소를 가리지 말고 각별히 조심해야 하네. 그런데 어떤 방법으로 제거했나."

"칼로 깊이 심장을 찔렀습니다."

"죽은 건 확실하겠지?"

목사는 마음이 놓이지 않는다는 듯한 어투였다.

"제가 심장이 뛰지 않는다는 사실을 분명히 확인했습니다."

청년부 지도교사가 자신감이 넘치는 목소리로 대답했다.

"쉿, 이 사람 조심하래두. 그런데 시체는 어떻게 처리했나."

"도시로부터 멀리 떨어진 지방 야산에다 깊이 파묻었습니다."

"쇳덩어리를 매달아 바다에 내던지는 게 더 안전하지 않아?"

"안심이 안 되시면 나중에 다시 파내서 바다에 던지겠습니다."

"그러다 들통 나는 수도 있어. 처음부터 확실히 했어야지. 그건 나중에 결정 짓기로 하고. 부흥회 준비나 철저히 하게."

"알겠습니다."

"하필이면 부흥회 직전에 미친놈이 나타나서 몇 달 동안 공들여 준비한 하나님의 사업을 다 망칠 뻔했잖아. 주성전 목사가 한 번 연단에 오르면 십억은 문자 그대로 보증수표야. 방해하는 놈들은 모두 마귀니까 자네가 가차 없이 처치해 버려야돼. 나뿐만이 아니라 하나님께서도 자네를 철저하게 보호해 주실 거야. 알겠나?"

"알겠습니다."


## 2. 재림예수마중성도교회

재림예수마중성도교회라는 긴 이름을 가진 교회는 김찬양 목사가 창건했고 이 도시 외곽에 자리 잡고 있었다. 김찬양 목사는 뛰어난 지략과 언변을 가지고 있었다. 독실한 불교 신자도 한 시간만 김찬양 목사와 독대를 하면 재림예수마중성도교회의 신도가 되어버린다는 소문이었다. 실제로 그 교회의 전도사가 스님 출신이라는 소문도 파다했다. 교회가 창건된

지 3년이 조금 지났을 뿐인데도 재림예수마중성도교회는 이 도시에서 두 번째로 많은 신도를 확보하는 교회로 군림하게 되었다.

김찬양 목사의 교리는 간단했다. 예수의 재림이 가까이 도래했고, 그것을 믿고 준비한 자만이 예수를 영접할 자격이 있으며, 천국에 초대될 자격이 있다는 주장이었다. 어느 날 자신이 기도를 하고 있는데 천사가 나타나 그 사실을 깨우쳐주었다는 것이다.

대한민국은 헌법으로 종교적 자유를 보장하고 있는 나라였다. 그래서 다양한 종교활동이 보장될 뿐만 아니라 온갖 사이비 종교들이 판을 치는 폐단도 없지 않았다.

하지만 진정한 종교 지도자들과 사이비 종교 지도자들을 구분하는 방법은 별로 어렵지 않다. 진정한 종교 지도자들은 대개 베풀라는 설교를 많이 하면서 몸소 그것을 실천해 보인다. 하지만 사이비 종교 지도자들은 대개 바치라는 설교를 많이 하면서 교세를 확장하는 일에만 주력한다. 물론 욕심에 눈이 멀어버리면 어떤 부류인지 구분할 능력을 상실해 버리지만.

처음에 김찬양 목사는 불우 어린이들을 대상으로 열심히 베푸는 모습을 보여주는 일에 주력했다. 그리고 신도들이 교회를 가득 메우고 있는 지금도 그 일을 중단하지는 않았다.

그러나 신도들은 모르고 있었다. 불우 어린이들을 대상으로 베푸는 일은 그리 많은 노고나 금액이 필요치 않았다. 그는 자선으로 이미지를 끊임없이 세탁하면서 사실은 신도들에게 더 많은 노고나 금액을 긁어내는 일에 여념이 없었다.

그는 한마디로 전과 9범의 사기꾼 출신 목사였다. 도대체 어디서 목사 자격을 얻었는지 어떤 경로를 거쳐서 교회를 신축하게 되었는지 알고 있는 사람은 아무도 없었다.


## 3. 재림예수가 나타나다

김찬양 목사는 가을부터 주일마다 교회가 비좁아서 증축이 불가피하다는 설교를 되풀이하고 있었다. 교회 안에도 교회 밖에도 증축될 교회의 조감도가 설치되었다. 최신식 구조와 설비를 갖춘 교회였다.

겨울이 왔고 며칠째 혹한의 날씨가 계속되고 있었다. 그러나 난방비를 아껴서 증축자금에 보탠다는 명분으로 모든 난방시설의 작동마저 멈추어버렸다. 그래도 신도들은 기꺼이 추위를 감내하면서 모금이 빨리 이루어지기만을 간절히 빌었다.

교인들은 빠른 교회증축을 위해 돌반지, 결혼반지, 환갑반지 들을 아낌없이 투척했다. 한 달 동안 알바를 해서 받은 돈

전액을 기부하는 고등학생도 있었고 석 달 동안 과외를 해서 받은 돈 전액을 기부하는 대학생도 있었다. 하지만 조감도대로 교회를 증축하기에는 턱없이 모자라는 금액이었다.

그러던 어느 주일예배 시간.

그날도 김찬양 목사는 격앙된 목소리로 설교를 하고 있었다. 교회 증축 기금이 턱없이 부족하니 성도들의 분발을 보여 달라는 내용이었다.

"특히 다음 주에는 주성전 목사님을 초청할 예정입니다. 주성전 목사님은 심령대부흥회를 할 때마다 앉은뱅이를 일으켜 세우시고 장님을 눈뜨게 하시며 암환자를 완치시키는 기적을 수없이 보여주신 분입니다. 여러분의 신앙심을 시험해 볼 수 있는 절호의 기회입니다. 예수님이 재림하실 때 천국에 갈 수 있는 성도로 간택되고 싶지 않습니까. 이제 종말이 가까워지고 있습니다. 우리에게는 전 재산을 바쳐도 아깝지 않은 신앙심이 필요합니다."

여기저기서 주여, 하는 신음소리가 터져나오고 있었다. 그때였다.

"속지 마라."

갑자기 한 사내의 목소리가 들리면서 덜커덩, 기도실로 통하는 분이 열렸다. 그리고 남루한 누더기를 걸친 사내가 나타나 목사에게로 다가갔다. 신도들은 이 돌발적인 사태에 어떻게 대처해야 할지 모르겠다는 표정으로 멍하니 입만 벌리고 있었다.

잠시 목사를 측은한 표정으로 바라보던 사내가 입을 열었다.

"아직도 세상에는 굶어 죽는 아이들이 허다하니 교회를 지을 여력이 있다면 그 아이들부터 살려야 하지 않겠느냐."

타이르는 목소리였다.

"누구요, 당신."

목사가 물었다.

"내가 바로 재림예수니라."

남루한 사내가 대답했다.

"미친놈이로군. 청년부 성도들은 뭣들 하고 있나. 얼른 이 미친놈을 쫓아내야지."

목사의 말이 떨어지기가 바쁘게 청년부 성도들이 자리를 박차고 일어섰다. 때를 같이하여 앉아 있던 신도들의 욕설과 삿대질이 사내를 향해 빗발치기 시작했다.


4. 제가 주님을 지켜드리겠나이다

그로부터 사흘 후 경찰은 수상한 사내 하나를 붙잡아 국립

정신병원에 정신감정을 의뢰했다. 경찰의 심문에 사내는 자신을 재림예수라고 주장했다. 그리고 재림예수마중성도교회를 운영하는 사이비 목사 김찬양의 사주에 의해 심장을 칼에 찔렸다고 주장했다. 칼에 찔렸다는 사실을 입증하는 흉터도 보여주었다.

사내는 남루하기는 했지만 멀쩡한 사대육신과 이목구비를 가지고 있었고 정상적인 어투로 자기 주장을 피력했다. 뿐만 아니라, 손바닥과 발등과 옆구리와 가슴의 흉터도 보여주었다. 그러나 경찰은 자신들이 과대망상증 환자와 노닥거릴 만큼 한가로운 존재들이 아니라고 생각했다. 특히 사내가 보여준 가슴의 흉터는 너무도 멀쩡하게 아물어 있었다. 도저히 사흘 전에 칼을 맞은 흉터라고 판단할 수 없는 상태였다.

국립정신병원에 이송되어서도 사내는 자신이 재림예수라는 주장을 결코 철회하지 않았다. 담당의사에게 몇 개의 흉터들을 그 증거로 제시해 보이기까지 했다. 손발의 흉터는 십자가에 매달기 위해 못을 박았을 때 생긴 것이고 옆구리는 창에 찔렸을 때 생긴 흉터라는 것이었다. 그리고 사내는 웃옷을 가슴까지 걷어올렸다. 거기도 흉터가 있었다.

"이건……"

그때였다. 담당의사가 재빨리 확신에 찬 표정을 지은 다음 사내 앞에 무릎을 꿇었다.

"주님. 제가 주님을 지켜드리겠나이다."

의사는 무릎을 꿇고 사내의 발등에 가벼운 키스를 선물한 다음 망설임 없이 소견서를 작성했다.

과대망상.

세상의 그 어떤 성경 속에도 예수님이 칼에 가슴을 찔렸다는 기록은 없음.

대지주

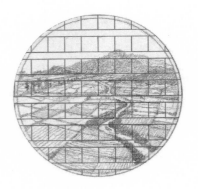

그녀의 이름은 봉필순(奉必順)이었다.

아버지의 말에 의하면 계집은 그저 순하면 제일이라는 의미로 조부가 지어준 이름이었다. 그녀는 초등학교 때부터 자신의 이름이 마음에 들지 않았다. 예쁘지도 않고 촌티만 물씬 풍기는 이름이라고 생각했다. 그녀는 수시로 자신의 이름을 경란이, 소라, 수진이, 은아, 미선이, 희야 등으로 직접 작명해서 사용했다. 친구들이 필순아, 하고 본명을 부르면 일부러 대답하지 않았다. 나는 그저께부터 수진이야. 수진이라고 불러, 하고 자신이 작명한 가명으로 불러 달라고 부탁했다.

그러나 작명한 이름들도 어느 정도 쓰다 보면 왠지 흔해빠

진 이름 같다는 생각이 들었고 간혹 책이나 영화나 연속극 등
에서 같은 이름을 발견하면 자기가 표절하거나 도용한 듯한
느낌이 들어 기분이 영 좋지 않았다. 그러면 이내 쓰던 이름을
버리고 다른 이름을 짓곤 했다.

그녀는 가난한 농부의 3남 2녀 중 셋째였다. 깡촌에서 가난
으로 찌든 유년시절을 보냈는데 오빠나 언니나 동생들에 비하
면, 청소, 설거지, 빨래, 심부름, 동생 치다꺼리 등, 집안에서 가
장 할 일이 많은 배역이었다. 그녀는 날마다 탈출하고 싶었다.
한마디로 집 안에도 있고 싶지 않았고 학교에도 있고 싶지 않
았다. 일하기도 싫었고 공부하기도 싫었다. 자신에게 주어진
현실이 날마다 지겹다는 생각을 했다. 지겹고도, 지겹고도, 지
겹다는 생각을 했다. 그래서 중 3 시절 어느 여름날 강나희라
는 예명을 하나 만들어 오로지 영화배우가 되겠다는 꿈만을
간직한 채 무작정 상경하기에 이르렀다.

서울은 넓고도 복잡했다. 하지만 그 넓고도 복잡한 서울에
서 그녀가 비집고 들어갈 틈새는 없었다.
그녀는 예쁘면 다 되는 줄 알았다. 그리고 예쁜 거 하나만은
자신 있다고 생각했다. 어릴 때부터 사람들은 그녀를 보면 누

구나 미스코리아 아니면 영화배우가 될 거라고 이구동성으로 말했던 것이다. 그리고 자라면서 그것은 영험한 예언자의 확실한 예언처럼 뇌리에 깊이 박혀버렸던 것이다. 나는 영화배우가 될 것이다. 그녀의 믿음은 확고했다.

그녀는 상경해서, 실력 없는 작가가 별 고민도 없이 써갈긴 삼류 통속소설의 주인공처럼 궁색하면서도 고단한 생활을 했다. 물론 그녀는 가출을 하면서 얼마간의 돈을 훔쳤다. 아버지가 소를 사기 위해 모아둔 돈이었다. 궁핍하게 살면서 아껴 쓰기는 했지만 돈은 무섭게 줄어들었다.

그녀는 봉제공장과 설렁탕집과 카페를 거쳐 결국 유흥업소까지 진출했다. 일종의 비밀요정 같은 유흥업소였다. 봉제공장에서 청바지 실밥을 뜯는 일도, 식당에서 설렁탕을 나르는 일도, 카페에서 커피나 맥주를 나르는 일도, 고달프기만 했지 궁핍을 면할 수는 없었다. 몸살이라도 나면 돈이 아까워서 약방에조차 갈 수가 없었다. 캄캄한 골방에 누워서 뼈마디가 절단나는 듯한 아픔을 고스란히 견딘 적이 한두 번이 아니었다.

카페를 드나들던 손님 중에 룸살롱을 경영하는 삼십 대 중반의 남자가 있었다. 카페에서 받는 보수보다 다섯 배가 더 많은 보수를 보장하겠다고 제의했다. 거절할 수가 없었다.


　세월이 흐르면서 그녀의 꿈도 차츰 퇴락해 가기 시작했다. 그녀의 나이는 어느새 스물일곱 살로 접어들고 있었다. 다행히 아직도 그녀는 빼어난 미모를 잃지 않고 있었다. 하지만 요즘의 유흥가 추세로는 퇴계나 다름이 없었다.

　이놈의 집구석에는 왜 노계들만 있냐.

　손님들은 갈수록 영계를 선호하는 양태로 변모해 가고 있었다. 그래서 교묘하게 단속을 피해 중학생 나이밖에 안 되는 계집애들을 쓰는 술집들까지 성행하고 있었다.

　내가 영계 좀 먹고 몸보신이나 할까 해서 술집 오지 지갑 털어 노계들 모이나 주려고 술집 오는 줄 아냐.

　아직 소세지 맛도 모르는 영계가 뭐가 좋다고 그러세요.

　니들이 먹어서 맛있으면 뭐하냐, 내가 먹어서 맛있어야지.

　이런 식이었다. 겨우 스무 살 안팎에 해당하는 영계들조차도 요즘은 햇병아리들에게 인기를 박탈당하는 추세였다.

　그렇게 햇병아리가 좋으면 부화장이나 차리지. 밤새도록 병아리 감별사 같은 소리만 하고 자빠졌네. 시팔놈!

　어느 날 그녀는 밤새도록 영계타령을 하면서 갖은 모욕을 일삼는 중년 남자의 비위를 맞추다 도저히 참을 수가 없어서

양주병으로 머리통을 박살 내버리고 그길로 술집을 뛰쳐나오고 말았다.


　결혼정보업체 오작교.

　그녀가 직업소개소를 통해 얻게 된 직장은 결혼정보업체 오작교였다.

　한마디로 그녀를 위해 준비된 직장 같았다. 사장도 아주 만족해 하는 것 같았다. 거기서 그녀가 하는 일은 의뢰자와의 데이트였다. 영화를 보거나 식사를 하거나 술을 마시면 되는 일이었다. 물론 결혼이 확정되지 않은 상대와는 절대로 호텔을 가면 안 된다는 것이 회사의 규정이다.

　편하기로 따지자면 술집과는 비교도 할 수 없는 직장이다.

　결혼정보업체 오작교에서 그녀가 쓰는 이름은 한정은이다. 그러나 솔직히 말해서 무식하기 때문에 한문으로 쓰지는 못한다. 사장이 가장 염려하는 부분이 그녀의 학벌이다. 그녀의 최종학벌은 중학교 중퇴다. 하지만 회사에서는 대졸로 통한다.

　단도직입적으로 말해서 그녀는 철저하게 단순무식하다. 이세상에서 단순무식한 여자에게 인생을 저당 잡히고 싶어 하는 남자가 몇 명이나 되겠는가. 뿐만 아니라 수시로 지갑까지 열도록 만들어야 하는데 아차하면 들통이 날 가능성이 짙다.

최악의 경우에는 콩밥도 각오해야 하는 것이다. 그래서 사장이 항상 한정은에게 당부하는 건 침묵과 미소다.

미스 한은 자기최면이 필요해. 말을 하고 싶을 때마다 나는 요조숙녀다, 나는 요조숙녀다, 라고 마음속으로 계속 되뇌란 말이야. 자신을 대한민국 최고의 배우라고 생각하란 말이야. 가급적이면 말을 아껴. 미스 한은 말을 많이 하면 무식이 탄로 날 가능성이 있거든. 각별히 조심하란 말이야. 수다 떠는 건 아예 생각지도 말아. 정신없이 수다 떨다 보면 뽀록나는 수가 있어. 뽀록나면 어케 되겠어. 빵잽이 되는 거야.

사장은 수시로 그녀에게 배우같이 뛰어난 연기가 필요하다고 말했다. 하지만 사장이 기대하는 것은 연기가 아니라 사기였다.

결혼정보업체 오작교는 가입자들에게 거액의 계약금을 받고 결혼 상대를 소개시켜 준다. 여자 가입자들과 남자 가입자들 중에서 서로 이상이나 취향이 맞는 사람들을 선별해서 소개하는 것이다. 하지만 회원목록에 적혀 있는 가문, 학벌, 이력, 성격, 직업, 연봉 따위가 사실 그대로인지는 확실치 않다. 소요되는 경비가 아까워서 철저한 검증을 거치지 않는 것이다.

특히 남자 가입자 중에서 부모님의 병환이 깊어 급히 며느리를 보고 싶어 하거나 영험하다고 소문난 역술인한테 올해 결혼을 하면 모든 일이 잘 풀린다는 소리를 들었거나, 아무튼 결혼이 급한 남자들이 생기면 지갑을 털기 위해 한정은을 비롯한 2명의 여자들이 나서게 된다.

물론 먼저 있던 술집에서도 사기를 치는 일이야 비일비재했다. 응용미술을 전공하는 여대생이 되기도 하고 실용음악을 전공하는 여대생이 되기도 한다. 여대생들은 대개 등록금을 벌기 위해 술집에서 개고생을 하는 것으로 설정되지만 때로는 결혼에 실패한 청순가련형의 부잣집 막내딸이 되기도 하고 때로는 남동생 학비를 대기 위해 직업전선에 뛰어든 천사표 누나를 연기하기도 한다. 남자들은 지극히 단순한 이유로 감동하고 지갑을 열지만 언제라도 아랫도리를 열어줄 각오만 되어 있다면 거짓말이 들통 나도 난리법석을 피우는 예는 드물다.
하지만 결혼정보업체 오작교는 다르다. 그들은 여자에게 인생 전체를 저당 잡히러 오는 것이다.

개업을 한 지 1년이 넘은 회사였다. 사장의 수완이 좋아서인지 세상이 허술해서인지 사기성이 농후한 업체인데도 성업 중이었다. 물론 번질나게 자주 회사를 옮겼다. 그때마다 간판을 바꾸기도 했다. 사장은 크게 한 건 하면 튀어버리는 이른바 먹튀 전문 사기꾼이었다.

속는 놈은 사회 부적응자고 속이는 놈은 사회 호적응자야.

사장의 주장이었다,

직원은 사장과 경리와 한정은을 비롯한 2명의 여자. 경리는 전화를 받거나 잡무를 담당하고 사장은 기획과 시나리오와 연출을 담당한다. 그리고 한정은과 2명의 여자는 의뢰자가 있을 때 주연배우로 활동한다. 물론 다른 배우가 2명 더 확보되어 있기는 하지만, 고객들은 사진을 보여주거나 직접 대면을 하면 대부분 한정은에게 호감을 표명했다.

그녀는 결혼이 허영과 허영의 결합에 불과하다는 생각을 가지고 있었다. 결혼정보업체의 자료만 가지고 결합된 사람들이 과연 사랑이 넘치는 가정을 꾸려갈 수 있을까. 그녀는 회의적이었다. 그녀의 경험을 바탕으로 한다면 결혼은 남자의 허영과 여자의 허영이 짝짓기를 하는 것에 불과했다.

대부분의 미혼 남녀들이 사시사철 허영이라는 이름의 모피코트를 착용하고 결혼정보업체 오작교의 회원으로 가입한다. 그리고 적게는 천만 원에서 많게는 오천만 원이라는 거액을 투척하고 회사가 고른 상대와 데이트를 한다. 물론 데이트를 하다 마음이 맞아서 결혼에 성공하는 사람들도 있다. 하지만 거의가 다른 상대를 소개시켜 달라고 간청한다. 물론 회사는 정보의 진위확인을 빙자해서 거액의 추가비용을 신청한다.

그들은 사실 마음에 드는 여자나 마음에 드는 남자를 선택해서 결혼하려는 것이 아니다. 정작 배우자는 중요치 않다. 그들은 배우자가 보유하고 있는 조건과 배경을 선택해서 결혼하려는 오류를 당연시한다. 그것들이 사랑의 조건이 될 수도 없고 결혼의 조건이 될 수도 없다는 생각은 하지 않는다.

그들은 이미 자신에게 속고 있기 때문에 남에게도 속는다.

그들은 재력과 권력과 학력을 미신처럼 신봉한다. 의사, 판사, 검사, 변호사, 교수, 사업가, 대기업 간부, 재벌 2세. 여자들이 선호하는 대상이다. 권력과 재력은 막강할수록 좋고, 인물과 기품은 빼어날수록 좋으며, 학력과 직책은 높을수록 좋다는 신념을 버리지 않는다. 일단 상대가 마음에 들면 붙잡기 위해 수단과 방법을 가리지 않는다. 당연히 거액도 아끼지 않는다. 하지만 그들은 허영에 눈이 멀어 자신들이 한낱 사기꾼에 불과한 결혼정보업체 사장의 잔머리에 놀아나고 있을 뿐이라는 사실조차 자각하지 못한다.

아무래도 회사가 너무 어려워서 곧 문을 닫아야 할 것 같아. 그동안 미스 한이 큰 공을 많이 세운 거 알고 있어. 잊지 않을게. 퇴직금이라고 하기엔 너무 약소하지만 내 성의니까 받아주면 좋겠어.

오작교에서 활동한 지 2년이 지났을 때였다. 어느 날 사장이 그녀를 불러 두툼한 봉투 하나를 내밀며 심각한 표정으로 말했다. 회사가 문을 닫게 되었다는 것이다. 하지만 그녀는 알고 있었다. 토사구팽. 토끼를 잡았으니 개를 버릴 차례인 것이다. 꼬리가 길면 밟힌다는 속담이 있다. 사장은 밟히기 전에 그녀를 잘라버리기로 작정한 것이다.

그녀는 2년 동안 무려 70명이 넘는 남자들과 면담을 하거나 맞선을 보거나 데이트를 했고 온갖 구실을 만들어 돈을 갈취하는 일에 앞장서주었다. 그러면서 사장의 모든 수법을 전수받았다. 그녀는 이미 자신이 이 바닥에서 선수로 활동하기에는 한물간 나이라는 사실을 알고 있었다.


그녀는 자신이 남을 속여먹는 일에 능숙해져 있다는 사실을 자각하는 순간, 더 이상 자신이 오작교에 있을 필요가 없다는 생각을 하게 되었다. 내가 직접 회사를 차려야겠다, 라고 생각했던 것이다. 유흥업소에서 남자들을 상대하면서 그녀가

영자의 소盛

소망 땅부 →

공방첩

고는 113.112

2016 ENML

제일 먼저 터득한 것은 눈치였다. 조만간 사장이 자신을 잘라 버릴 거라는 사실을 그녀는 직감하고 있었다.

그녀가 자신을 본격적인 사기꾼으로 변모시키기에는 그리 오랜 시간이 걸리지 않았다.

결혼정보회사 해피랜드.

그녀는 서울 군자동에 조그만 사무실 하나를 얻고 해피랜 드라는 간판을 내걸었다. 유흥업소에 있을 때 대학 다니는 애가 하나 있었는데 그 애한테 부탁해서 작명한 회사이름이었다. 그녀로서는 청실홍실밖에 생각나지 않았다. 하지만 촌스러운 건 질색이었다. 해피랜드. 행복의 땅. 이거다 싶은 생각이 들었다.

인간들은 거의가 허영의 노예였다. 그들을 속여먹는 기본수법은 이미 오작교를 통해 다 터득해 놓은 터였다. 물론 자신이 직접 선수로 뛰기도 하겠지만 유흥업소에 있을 때 친하게 지내던 아가씨들 몇 명도 영입해서 용병으로 적극 활용할 생각이었다.

그녀는 전국의 시외버스 터미널이나 역 대합실을 주무대로 선정했다. 주요고객은 아직 장가를 가지 못한 농촌의 순진한

총각들이었다. 일단 대상이 물색되면 그녀는 능수능란한 수법으로 상대의 마음을 사로잡아버렸다. 유흥업소 출신 용병들의 활약은 실로 눈부실 지경이었다.

그녀에게는 그야말로 적성에 맞는 직업이었다. 성공할 때마다 열등감이 우월감으로 교체되었다. 유흥업소에서 발탁한 용병들은 놀라운 능력들을 보여주었다. 대상이 물색되면 서둘러 결혼을 하고 얼마간 여필종부형의 새댁처럼 내숭을 떨며 시집살이를 했다. 그러다 적당한 시기에 패물이나 현찰을 챙겨 줄행랑을 치곤 했다. 그러니까 유흥업소 출신 용병들도 먹튀 전문이었다. 들통이 난 적은 한 번도 없었다.

며칠 전에는 촌티가 좔좔 흐르는 노총각 하나가 농촌을 소재로 방영하는 텔레비전 프로에 나와서, 자기가 이러이러한 결혼 사기를 당했노라고 하소연하는 장면이 있었다. 수법이 어쩐지 해피랜드에 소속된 용병의 소행과 흡사했다. 하지만 그녀는 별로 개의치 않았다. 세상이 자신의 비행에 주의를 기울일 때쯤 되면 성형을 하고 잠적해 버리면 된다는 생각이었다.

어느 날 그녀는 비밀장소에 용병들을 불러 모았다. 며칠 전에 충청도에 내려갔다가 대박을 터뜨린 용병이 있어서 자축

파티를 벌일 계획이었다. 아직 다 모인 상태는 아니었다. 그 짬을 이용해서 충청도에 내려갔던 용병이 무용담을 들려주기 시작했다. 수시로 감탄사가 터지고 수시로 웃음보가 터졌다. 범죄가 성공했을 때의 짜릿한 이 맛을 세인들은 짐작이나 할 수 있을까. 그녀는 우쭐한 기분에 젖어들고 있었다. 용병들과 수다를 떨면 그녀는 언제나 우쭐한 기분에 젖어들기 일쑤였지만 그날은 우쭐한 기분이 극에 달해 있었다. 그리고 우쭐한 기분과 함께 불현듯 자기도 선수로 한번 뛰고 싶다는 공명심이 치밀어 오르기 시작했다. 그녀는 지금까지 뒷전에서 지휘만 담당하고 있었다. 바보 같은 짓이었다. 뒷전은 결코 그녀가 있을 자리가 아니었다. 어릴 때부터 그녀는 미스코리아가 아니면 영화배우였고 그것은 주연이지 조연이 아니었다.

가을이 모두 끝나가고 있었다. 들판이 텅 비어 있었다. 그녀에게는 가을이 성수기였다. 농촌에 돈이 제법 모일 시기였다. 혼자 사는 남자들은 날씨가 쌀쌀해질수록 외로움과 공허감이 짙어진다는 사실을 그녀는 전직에서 얻은 경험을 통해 익히 잘 알고 있었다. 물론 농촌의 노총각들이 유흥업소에 출입하는 경우는 전무했다. 하지만 그녀가 보기에는 대부분의 남자들이 가을을 타는 성향을 가지고 있었다. 노골적으로 말하자면 남자들은 가을을 기해서 여자에게 껄떡거리는 성향이 고조된다. 여자들이 남자를 낚기 좋은 성어철이다.

그녀는 어느 날 춘천행 열차에서 약간 어리숙해 보이는 농촌 총각 하나를 영업대상으로 물색하는 데 성공했다. 바로 옆자리에 앉아 있었다. 공교롭게도 서울로 맞선을 보러 갔다 퇴짜를 맞고 집으로 돌아가는 길이라고 했다.

남자는 어리숙해 보이기는 했지만 촌스러워 보이지는 않았다. 까짓 거, 영업대상인데 촌스러우면 어떠냐고 생각할 수도 있겠지만, 그녀는 촌스러운 건 무조건 질색이다. 그러니까 촌티를 벗었다는 사실은 일종의 은혜에 해당한다.

과묵한 성격이었다. 질문을 해도 짤막하게 대답했다. 양복에 넥타이 차림이었다. 유행에 십 년은 뒤져 있는 패션이었다. 하지만 어딘지 모르게 당당해 보였다. 그것이 그녀의 관심을 자극했다. 당당함은 재산이 없을 때는 나타내보일 수 없는 것이다. 그녀는 이 촌티 무쌍한 남자가 부모로부터 땅마지기나 상속 받은 알부자가 아닐까 하는 견적을 조심스럽게 산출하고 있었다. 유흥업소에 있을 때 남자에 대한 그녀의 직관은 거의 틀린 적이 없었다.

물론 자신의 판단에 반론도 제기해 보았다. 재산이 있는 놈이 자가용을 끌지 않고 열차를 타고 다니는 건 좀 이상하지 않느냐. 그리고 유행에 십 년은 족히 뒤진 듯한 저 차림새는 어떻게 설명할 거냐. 전신을 훑어보아도 돈을 들였을 만한 건더기가 하나도 보이지 않는다. 하다못해 손목시계조차도 차고 있지 않은 모습이다. 하지만 유흥업소의 경험에 의하면 있는 놈이 훨씬 더 인색한 법이다.

문제는 대화였다. 그녀가 점찍은 남자가 최대한 말을 아낀다는 것이었다. 오작교 사장이 말을 많이 하면 무식이 뽀록날 가능성이 높다고 했던 충언이 생각났다. 이 남자도 무식을 드러내지 않기 위해 최대한 말을 아끼는 것이 아닐까. 그러나 대화를 통해 알아낸 사실에 의하면 사내는 어느 국립지방대학 생물학과를 졸업했고 아직 장가를 가지 못한 서른다섯 살의 노총각이며 십여 년 동안 가평의 작은 마을에서 농사를 지으면서 살고 있었다. 가족은 홀어머니 한 분이 전부였다.

주로 무슨 농사를 지으세요.
좀 별스런 농사를 짓고 있습니다.
특수작물인가요.
특수작물 중에서도 별난 특수작물이지요.

요즘은 농산물 시장 개방 정책에 따른 대처방안으로 농촌에서 여러 가지 특수작물을 재배하는 경우가 많다는 사실쯤은 그녀도 티브이를 통해 알고 있었다. 하지만 특수작물에 대해서는 묻지 않았다. 깊이 들어갈수록 무식이 탄로 날 가능성이 짙다는 생각에서였다. 그것이 약초든 채소든 상관할 바가 아니었다. 수익이 많은지 적은지도 상관할 바가 아니었다. 그녀에게는 오직 땅만이 관심사였다.

경작지가 얼마나 되는데요.

글쎄요. 밭고랑을 따라 곧장 걸어가면 이백 리 길은 족히 되겠지요.

이백 리 길이라니, 사실이라면 엄청난 대지주였다. 그녀는 일단 의심부터 발동시켰다.

혼자 다 관리하세요.

혼자 다 관리할 수야 있겠습니까.

그럼.

여러 업체들이 관계하고 있지요.

그녀는 여러 업체들을 유통회사, 농산물관리소, 거래처 등을 애기하는 것으로 받아들였다.

그녀도 시골 출신이었다. 그녀가 살던 동네에도 조부자라는 노인이 있었다. 왜정 때부터 자기 땅이 아니면 밟고 다니지 않았다는 대지주였다. 다시 말하면 마을 땅 대부분이 그 사람 소유였다. 지금도 엄청난 농지를 가지고 있어서 마을 사람 중에서 조부자의 땅을 부쳐 먹지 않는 사람이 없었다. 그녀의 아버지도 조부자의 땅을 부쳐 먹는 사람 중의 하나였다.

그녀의 머리는 다음 시나리오의 전개를 위해 바쁘게 돌아가고 있었다.

그녀는 뉴질랜드에 이민을 갔다가 불의의 교통사고로 양친을 모두 다 잃고 지금은 언니 집에서 기거하고 있는 신세라고 자신을 소개했다. 물론 그녀는 아직 한 번도 해외라고는 나가본 적이 없었다. 하지만 용병 중에 비슷한 경험을 가진 애가 하나 있었다.

뉴질랜드에서 있었던 일들은 아무것도 기억하고 싶지 않아요.

라고 말함으로써 상대편의 여러 가지 질문들을 제어시킬 수가 있었으며 호기심이나 신비감을 불러일으키는 일거양득의 효과가 있었다. 그래서 그런 배역을 설정했을 뿐이었다.

지금까지 살아오는 동안 제가 본 여자 중에서는 가장 아름다운 자태를 가지고 계시네요.

시골에서 방대한 땅에 특수작물을 재배하면서 살고 있다는 그 서른다섯 살짜리 대지주는 그녀에게 지대한 호감을 느끼고 있음이 분명해 보였다.


그날 이후로 두 사람은 자주 만났다.

그러나 무슨 까닭인지 남자는 자신의 주거환경을 공개하는 것을 몹시 꺼리는 기색이었다. 그는 자신이 농사에 미친 놈인데 아직 한 번도 남에게 자신의 농사짓는 모습을 공개한 적이 없다는 것이었다. 심지어는 어머니조차도 접근을 허락하지 않는다는 것이었다. 그가 약속 장소를 가평으로 잡은 것은 딱 한 번, 자기의 어머니를 소개할 때뿐이었다. 주로 서울에서 만났다.

저놈이 에미 살아생전에 장가도 못 들고 노총각으로 늙어죽을 줄 알았는데 예쁜 우렁각시가 나타났소.

그녀의 시어머니가 되실 분은 겉으로 보기에도 성품이 고아하고 교양이 넘치는 분위기를 간직하고 있었다. 낙이 있다면 책을 읽는 일과 동네방네 마실을 다니면서 남들 살아가는 모습이나 구경하는 일이라고 말했다. 내년에 환갑을 치르실 나이였다. 가평에서 가장 갈비찜을 잘한다는 식당에서 점심을 함께 먹었다. 헤어질 때 그녀의 손을 잡고, 고맙소 아가씨, 라고 말하면서 환하게 웃었을 때는 평생 시어머니로 모시고 살았으면 좋겠다는 생각도 들었다.

남자가 그토록 철저하게 타인의 접근을 꺼리는 이유가 무엇일까. 특수작물이기 때문에 재배비법이라도 유출될까 걱정하는 것일까. 다소 마음이 걸리기는 했지만 그 외에는 아무 문제도 없었다. 만사가 그녀의 시나리오대로 순조롭게 진행되고 있었다.

남자는 날이 갈수록 그녀에게 깊이 빠져들고 있었다. 만나면 결혼에 대한 이야기를 자주 꺼냈다. 그녀는 마침내 작전을 구체적으로 실행할 때가 왔다고 생각했다.

먹튀는 속전속결이 최상이다. 길게 끌면 길게 끌수록 불리하다.

뉴질랜드로 가기 전에 언니가 헤어숍을 운영했어요. 새벽부터 밤중까지 손님들로 들끓었지요. 단골로 드나들던 연예인들이 있었는데 그 때문에 더 유명해졌나 봐요. 저는 고등학교를 졸업하자마자 헤어디자이너 자격증을 땄어요. 대학을 다닐 때는 언니네 헤어숍에서 알바를 했지요. 페이가 아주 짭짤했어요.

그녀는 자신의 인생 중에서 헤어숍에서 일했을 때가 가장 행복했었다고 말했다. 그리고 언니와 함께 경영하는 헤어숍을 하나 차리고 난 다음에 결혼했으면 좋겠다는 의사를 비쳤다.

당신과 사귀고부터 언니하고 사이가 안 좋아졌어요. 언니는 저와 헤어숍을 차릴 꿈에 부풀어 있었거든요. 언니는 제가 연애에 빠져 있기 때문에 헤어숍이 물 건너갈 거라고 말했고 저는 그것 때문에 자주 말다툼을 했어요.

그녀는 언니와 자기가 헤어숍을 차릴 돈을 마련할 때까지 만나지 않았으면 좋겠다는 말도 덧붙였다. 갑자기 남자의 얼굴에 짙은 먹구름이 끼는 장면을 보면서 그녀는 속으로 회심의 미소를 짓고 있었다.


농사 지으시는 땅이 많다면서요.

땅이야 많습니다.

그런데 무슨 문제라도 있나요.

농사가 잘 안 될 때가 많아서 문제입니다.

혹시 땅을 파실 의향은 없으세요.

제가 경작하는 땅은 세상에서 제일 지랄 같은 땅입니다. 아무것도 심지 않으면 절대로 팔리지 않는 땅이지요.

그런 땅도 있나요.

그런 땅이 있지요. 세상에서 가장 관리하기 어려운 땅이기도 합니다.

도대체 무슨 땅인데 그따위란 말인가. 그녀는 불안해지기 시작했다. 그래서 어느 날 자기에게 그 땅을 좀 보여줄 수 있느냐고 물었다. 남자는 지금까지 아무에게도 보여준 적이 없지만 그녀가 원한다면 보여줄 수도 있다고 대답했다.

겨울이 되기 전에 지금 짓는 농사를 마무리지을 겁니다. 마무리짓고 나면 제가 얼마나 방대한 땅을 경작하고 있었는지 보여드리겠습니다.

무슨 작물인데 초겨울에도 재배를 하세요.

나중에 보여드리면 이해를 하실 겁니다.

계절은 어느새 겨울로 접어들고 있었다. 그녀는 본격적인 겨울로 접어들기 전에 대박을 터뜨릴 예정이었다. 어떤 일이 있더라도 땅을 처분하도록 만들고 돈을 챙겨서 잠적해 버릴 계획이었다. 여차하면 성형도 불사할 생각이었다.


남자가 땅을 보여주겠다고 약속한 날이었다.

겨울이 시작되고 있었다. 아침저녁으로 쌀쌀한 날씨가 계속되고 있었다. 설악산 대청봉에 첫눈이 내렸다는 소식이 있었다.

그 무렵, 남자에게서 전화가 왔다. 자기가 경작한 땅을 보여줄테니 자기 집으로 오라는 전화였다. 때마침 어머니는 평소 가깝게 지내던 지인이 상을 당해서 춘천으로 조문을 가셨고 내일이나 돌아올 예정이라는 것이었다.

그동안 스킨십이나 키스 정도는 허락했지만 잠자리를 허락

한 적은 없었다. 물론 남자가 몇 번이나 요구를 했지만, 때로는 냉정하게, 때로는 정중하게, 거절해 버리기 일쑤였다. 하지만 빨리 땅을 처분하게 만들려면 몸을 허락하는 것이 상책일지도 모른다는 생각이 들었다. 그래서 면도날 같은 냉기가 콧날을 베어가는 날씨인데도 불구하고 노브라에 미니스커트 차림으로 집을 나섰다.

드디어 가을에 지었던 농사를 모두 끝마치고 제 땅들을 홀가분하게 처분해 버렸어요.

커피를 마시며 남자가 말했다.

남자의 집 안방이었다.

두 사람은 비스듬히 벽에 몸을 기댄 자세로 한가롭게 대화를 나누고 있었다.

땅을 처분해 버리셨다고요.

그녀가 다소 놀랍다는 목소리로 물었다.

남자가 미소를 머금고 여자에게 고개를 끄덕여보였다. 순간, 열차에서 보았던 남자의 당당하던 표정이 오버랩되고 있었다. 가진 자만이 보여줄 수 있는 저 당당함. 그녀는 그 당당한 표정을 계기로 여기까지 오게 되었다.

어느 정도나 처분하셨는데요.

그녀가 물었다.

가을에 특수작물을 재배했던 땅을 몽땅 다 처분해 버렸습니다.

남자가 유쾌한 목소리로 대답했다.

남자의 말만으로는 도대체 어느 정도의 면적인지, 얼마의 대금을 받았는지, 짐작조차 할 수가 없었다. 여자는 묻고 싶었지만 참고 있었다. 이제 서두를 필요가 없다고 생각했던 것이다.

가끔씩 남자의 손이 조심스럽게 다가와 여자의 머리카락을 매만지고 있었다. 그러나 남자의 눈동자는 전혀 조심스럽지 않았다. 아까부터 그녀의 가슴과 허벅지와 입술을 음탕하게 훔쳐보고 있었다. 그녀는 남자의 볼에 가볍게 키스를 해주었다. 그러자 남자가 두 팔로 와락 그녀를 껴안았다. 그리고 가쁜 숨을 몰아쉬며 그녀의 입술을 탐닉하기 시작했다. 이번에는 그녀도 적극적으로 키스와 스킨십에 동조하고 있었다. 남자의 손이 그녀의 치마 밑으로 파고들 때도 그녀는 거부하지 않았다.

남자의 손은 점차 대범해지고 있었다. 허겁지겁 스웨터를 벗기고 치마를 벗기고 팬티를 벗겼다. 방 안 가득 뜨거운 숨소리가 차오르고 있었다.

남자는 너무 오래 굶주렸던 탓인지 미처 삽입도 하기 전에 사정해 버리고 말았다. 그녀는 남자가 한 번 더 시도할 수 있도록 잠시 무방비 상태를 유지해 주었다. 남자가 재차 분기탱천하는 데는 그리 오랜 시간이 걸리지 않았다. 그러나 두 번째도 그리 신통한 편은 아니었다. 남자는 몹시 낙담하는 목소리로, 농사일에 너무 많은 힘을 소진했더니 결국 이 꼴이 되고 말았다고 혼잣소리로 중얼거리고 있었다. 방 안에는 잠시 어색한 분위기가 지속되고 있었다.

제가 처분해 버린 땅을 보여드릴까요.

어색한 분위기를 깨뜨리며 남자가 지나치게 호기 있는 목소리로 그녀에게 물었다.

보여주세요.

그녀가 대답했다.

마침내 그녀가 구상한 시나리오의 결말 부분이 가까워지고 있었다.

남자는 마당을 가로질러 별채로 그녀를 안내했다.

여기가 제 방입니다.

남자가 방문을 열고 먼저 안으로 들어가더니 그녀에게 들어오라는 손짓을 해보였다. 방 안에는 책장들이 즐비했고 책들이 빼곡하게 꽂혀 있었다.

그녀는 처분한 땅과 관계된 서류 따위를 보게 될지도 모른다는 예상을 하고 있었다. 그러나 그녀의 예상은 빗나갔다.

저것이 제가 가으내 경작했던 땅입니다.

남자가 방 한쪽을 손가락으로 가리키고 있었다.

하지만 그녀의 눈에는 아무것도 보이지 않았다. 적어도 그녀로서는 그랬다. 아무것도 없다고 말할 수밖에 없었다.

무슨 말씀이세요.

그녀가 물었다.

남자는 장난기가 가득한 표정으로 그녀의 팔을 잡아끌었다. 그리고 손가락으로 가리키던 쪽으로 좀 더 가까이 다가갔다. 거기에는 엄청난 분량의 원고지들이 쌓여 있었다.

제가 특수작물을 재배한다는 땅은 바로 원고집니다. 특수작물은 다름 아닌 제 글들이고요. 며칠 전에 출판사에 넘겼습니다.

남자가 말했다.

하지만 그때까지도 그녀는 남자의 말을 이해할 수가 없었다.

경작하신 작물에 여러 업체들이 관계하고 있다고 말씀하지 않으셨나요.

물론입니다. 지업사, 출판사, 제본소, 인쇄소, 광고회사, 서점

등이 관계하고 있지요.

밭고랑을 따라가면 이백 리 길은 족히 된다면서요.

그녀의 목소리는 조금씩 경직되고 있었다.

여기를 보십시오.

남자가 원고지 밑단을 손가락으로 짚어보였다.

남자가 짚어보인 곳에는 20×10이라는 글자와 기호가 인쇄되어 있었다. 200자 원고지를 의미하는 표식이었다. 그녀는 그제서야 자신이 놓은 덫에 자신이 걸려들었다는 사실을 자각했다. 쥐구멍이라도 있으면 숨어버리고 싶었으나 한껏 태연을 가장하는 수밖에 없었다. 남자는 시종일관 장난기를 가득 머금은 얼굴로 싱글거리고 있었다.

그녀는 개떡같은 기분을 애써 억누르면서 남자의 얼굴을 쳐다보다가, 하마터면 아, 씨발, 뭐 이런 새끼가 다 있냐, 하는 소리를 뱉어낼 뻔했다. 어디론가 전화라도 걸고 싶었으나 마음이 내키는 번호가 떠오르지 않았다. 그냥 혼잣소리로, 이십 곱하기 십이래 시발, 이라고 나지막이 중얼거렸을 뿐이다.

**완전변태**

초판 1쇄 2014년 3월 25일
초판 2쇄 2014년 4월 10일

**지은이** | 이외수
**그린이** | 정태련
**펴낸이** | 송영석

**편집장** | 이진숙 · 이혜진
**기획편집** | 박신애 · 박은영 · 한지혜 · 서희정 · 이수정
**디자인** | 박윤정 · 김현철
**마케팅** | 이종우 · 허성권 · 김유종
**관리** | 송우석 · 황규성 · 전지연 · 황지현 · 한승민

**펴낸곳** | (株)해냄출판사
**등록번호** | 제10-229호
**등록일자** | 1988년 5월 11일(설립일자 | 1983년 6월 24일)

121-893 서울시 마포구 잔다리로 30(서교동 368-4)해냄빌딩 5 · 6층
**대표전화** | 326-1600 **팩스** | 326-1624
**홈페이지** | www.hainaim.com

ISBN 978-89-6574-437-5